DE L'AUTORITÉ
DE RABELAIS
DANS LA RÉVOLUTION PRÉSENTE,
&c. &c.

DE L'AUTORITÉ DE RABELAIS DANS LA RÉVOLUTION PRÉSENTE, ET DANS LA CONSTITUTION CIVILE DU CLERGÉ,

OU

INSTITUTIONS ROYALES, POLITIQUES ET ECCLÉSIASTIQUES, TIRÉES DE GARGANTUA ET DE PANTAGRUEL.

Solventur risu tabulæ. Hor.

En Utopie,
De l'imprimerie de l'abbaye de Théléme.

A PARIS,
Chez GATTEY, Libraire au Palais-Royal, n°. 14.

1791.

INTRODUCTION.

Il parut, en 1789, une excellente diſſertation intitulée : *De l'autorité de Monteſquieu dans la révolution préſente.* J'ai l'air d'avoir parodié ce titre, & voulu faire ſeulement une plaiſanterie ; car qui pourroit parler ſérieuſement de Rabelais ? Qui ? moi, peut-être. Quant au titre, je le mets ainſi, non parce qu'un auteur que j'aime en a employé avant moi un ſemblable, mais parce qu'il convient mieux que tout autre au contenu de cet ouvrage.

D'ailleurs nous différons abſolument, cet auteur & moi, dans le but que nous nous ſommes propoſé. Il a combattu l'autorité de Monteſquieu ſur des points importans ; je veux, ſur des points capitaux, montrer quelle doit être celle de Rabelais. Il a fait voir qu'au dix-huitieme ſiecle l'auteur de l'Eſprit des Lois n'avoit ſoumis que trop ſouvent la philoſophie aux préjugés ; je prouverai que, dès le ſeizieme, l'auteur de Pantagruel attaqua les préjugés en véritable philoſophe.

Notre méthode differe autant que notre but.

Il avoit à combattre les principes d'un auteur très-connu, très-vanté, dont on oppoſoit ſans ceſſe l'autorité à la deſtruction néceſſaire de l'échaffaudage gothique, que nous appellions notre gouvernement. Il lui falloit donc établir les vrais principes, & démontrer en quoi & pourquoi Monteſquieu s'en eſt tant écarté. Moi, je ne veux que rendre à Rabelais ce qui lui eſt dû, le tirer de l'oubli où on le laiſſe, rappeller qu'il avoit baffoué le culte de certaines idoles que nous avons encore adorées plus de deux ſiecles après lui, & que ſon autorité doit être comptée parmi celles des ſages qui ont préparé la deſtruction de nos ſottiſes politiques & religieuſes. Je dois donc m'appliquer principalement à le faire connoître, & pour cela, moins diſſerter que citer.

C'eſt même de citations que ſera preſqu'entiérement compoſé cet ouvrage. Elles ſeront ſeulement rangées en chapitres, & ſous des titres différens de ceux qu'on lit dans Rabelais. Il écrivoit dans un tems où il falloit bien qu'il ſe couvrît d'un voile allégorique, quelque tranſparent qu'il fût; aujourd'hui la vérité marche le front découvert & levé.

C'eſt une choſe bizarre que le ſuccès de ce joyeux mais redoutable ennemi de la ſuperſtition dans un ſiecle dévôt, & ſon décri dans un ſiecle de philoſophie. Deſpréaux, Racine, Moliere, Lafontaine, admiroient Rabelais, le reliſoient ſans ceſſe, le citoient ſouvent, l'imitoient plus ſouvent encore. De nos jours, on a pris à tâche d'en dire du mal, de le peindre comme un déraiſonneur ivre, qui avoit noyé quelques mots heureux, quelques étincelles d'eſprit dans un fatras d'abſurdités, de groſſiéretés & de plates folies. Un goût dédaigneux & timide, une fauſſe décence ont porté cet arrêt de proſcription ; & ni parmi les gens du monde, ni même parmi les gens de letrres, on n'a plus daigné lire Maitre François ; on auroit rougi d'avouer qu'on l'avoit lu.

Rabelais compare plaiſamment, dans un de ſes prologues, les calomniateurs de ſes écrits, ceux qui de ſon tems les condamnoient comme hérétiques & dangereux, & en interdiſoient la lecture, à ces gens qui crachent au baſſin ou au plat pour dégoûter les convives, & manger tous les bons morceaux. « Preſque pareille, continue-t-il, non toutefois tant abominable hiſtoire nous conte-t-on d'un médecin, lequel diſoit l'aîle du chapon gras être mauvaiſe, & le croupion redoutable, le col aſſez bon, pourvu que la peau en fût ôtée, afin que les malades n'en mangeaſſent, & que tout fût réſervé pour ſa bouche. Ainſi ont fait ces nouveaux diables, voyant tout le monde en fervent appétit de voir & lire mes écrits, ont craché dans le baſſin, c'eſt-à-dire, les ont tous, par leur maniement, ſouillés, décriés & calomniés, en cette intention que perſonne ne les eût, perſonne ne les lût, fors leurs poltronités (1); ce que j'ai vu de mes propres yeux, voire juſqu'à les conſerver religieuſement entre leurs beſognes de nuit, & en uſer, comme de bréviaires, à uſage quotidien ».

Ce n'eſt pas comme hérétiques & dangereux que les *poltronités* d'aujourd'hui condamnent ces mêmes écrits ; c'eſt comme bleſſant la décence, le bon goût, le bon ſens, & ne contenant rien dont un eſprit raiſonnable puiſſe

(1) Comme on dit *leurs majeſtés*.

s'accommoder : mais, de meilleure foi que le médecin gourmand de Rabelais, ce n'eſt pas pour en jouir eux-mêmes qu'ils en ont dégoûté les autres ; & aucun d'eux que je ſache n'en fait ni ſon livre de chevet ni ſon bréviaire.

J'ai depuis long-tems le mauvais goût & la foibleſſe d'être ſur ce roman philoſophique, de l'avis de La Fontaine, de Racine, de Deſpréaux & de Moliere. Ils ſe gardoient bien, ſans doute, & je me ſuis gardé comme eux, d'y tout approuver & de tout relire : ce qui eſt extravagant, obſcur à deſſein, obſcene ſans gaieté, trivial, inſignifiant & groſſier, ne m'a jamais ennuyé qu'une fois. Mais les contes plaiſans, les traits nombreux d'une ſatyre ingénieuſe & délicate, les choſes hardies pour le tems dont pluſieurs l'étoient encore pour le nôtre il y a peu d'années, & celles où brillent un ſens droit, une raiſon ſupérieure, une ſageſſe de tous les tems, tout cela me charmoit ; & chaque fois que je prenois mon Rabelais, ce n'étoit qu'après avoir relu tous ces endroits, marqués dans mon exemplaire, que je pouvois le quitter.

En le reprenant cette année, j'ai ſur-tout

été frappé de l'à-propos, dont feroient en ce moment une foule de traits, de paſſages, & même des chapitres entiers. J'ai cru que ce qu'ils contiennent de juſte, de plaiſant & de raiſonnable, ſur les rois, ſur les grands, ſur leurs fantaiſies guerrieres, ſur les pilleries des parlemens & des autres Cours abolies par notre conſtitution; ſur les moines, les cafards, la cour de Rome, & voire même le Pape; que tout cela, dis-je, auroit quelque choſe de piquant, peut-être même d'utile, & pourroit faire *autorité*.

On ne trouvera point ici tout ce qu'il y a de bon & d'agréable dans Rabelais, mais ſeulement ce qui rentroit dans mon ſujet, ce qui pouvoit avoir de l'intérêt dans la circonſtance, & dont l'application devoit frapper tous les yeux. Pour en faire ſentir tout le mérite, ce feroit ici le lieu de peindre le ſiecle où l'auteur écrivoit. Mais je ne veux pas faire un long ouvrage; & m'engager dans cette peinture ne feroit pas le moyen de le rendre court.

Il ſuffira de rappeller à ceux qui connoiſſent notre hiſtoire que c'étoit ſous le regne de

François Ier. ; ce qui veut dire en plus de mots , ſous un roi poſſédé de la manie des conquêtes , & puni, par des revers, même par la captivité, de cette manie ſanguinaire, il oſa la tourner en ridicule : dans un tems où les parlemens, ſans être auſſi puiſſans qu'ils l'ont été depuis, avoient de la conſidération & de la puiſſance, où du moins ils n'étoient pas encore avilis par la vénalité publique des charges (1) ; il ſe moqua du parlement, des autres cours & de toute la clique judiciaire : enfin à l'époque où le luthéraniſme & le calviniſme, nés des ſcandales de la cour de Rome, avoient enlevé au Pape une grande partie de l'Europe, mais où la France, *très-chrétienne* & obſtinément romaine, brûloit les proteſtans, les faiſoit maſſacrer à Mérindol, & révéroit ſuperſtitieuſement l'autorité papale ; il cribla de plaiſanteries les

(1) Ce fut ſous François I, & à l'occaſion de ſes guerres d'Italie, que cette vénalité s'introduiſit, plutôt par le fait que par le droit, dit le préſident Hénault, & il ajoute que, même long-tems depuis ce regne, on faiſoit encore ſerment au parlement de n'avoir pas acheté ſon office, ce qui fut ſagement aboli en 1597, par arrêt du parlement.

prêtres, les moines, & la cour de Rome & son chef. De notre tems bien des auteurs se sont acquis une grande réputation de hardiesse philosophique sans en avoir fait autant.

En citant Rabelais, je conserverai à son style, autant qu'il me sera possible, son antique simplicité, son originalité piquante, son harmonie, sa naïveté, ses graces. Je ne ferai disparoître que quelques constructions pénibles, quelques inversions forcées qui le rendent souvent obscur, & quelques mots, devenus inintelligibles à qui n'a pas l'usage de notre langue ancienne; j'adoucirai l'orthographe, alors dans son enfance & hérissée de consonnes, qui depuis ont disparu de la prononciation & ensuite de l'écriture. J'expliquerai dans des notes fort courtes ce qui aura besoin d'explication.

Mais c'est trop m'étendre sur ce que je ferai; il vaut mieux faire, & pour commencer à parler comme Rabelais, ne pas *lanterner* si longtems. Le premier chapitre dira mieux ce que je me propose dans mon entreprise & *labeur*.

DE L'AUTORITÉ DE RABELAIS DANS LA RÉVOLUTION PRÉSENTE, &c. &c.

PREMIERE PARTIE.

CHAPITRE PREMIER.

Qu'il y a dans les ouvrages de Rabelais, ſous l'extérieur de la folie, un ſens profond, politique & philoſophique, qu'on doit ſe donner la peine d'y chercher.

En doutez-vous, lecteur? liſez ce qu'il en dit lui-même, au prologue de ſon premier livre. « Alcibiade, au dialogue de Platon, intitulé *le Banquet*, louant son précepteur Socrates, sans controverse prince des philosophes, entr'autres paroles, le dit être semblable aux *Silènes*. Silènes étoient jadis petites boites, telles que voyons de présent aux boutiques des apothicaires, peintes au-dessus de peintures joyeuses & frivoles, comme de harpies, satyres, oisons-bridés, lievres cornus, canes bâtées, boucs volans, cerfs limonniers, & autres telles peintures contrefaites à plaisir, pour exciter le monde à rire, quel (1) fut Silène, maître du bon Bacchus : mais au-dedans l'on réservoit les fines drogues, comme baume, ambregris, amomon, musc, civette, pierreries & autres choses précieuses. Tel disoit être Socrates, parce que le voyant au-dehors, & l'estimant par l'extérieure apparence, n'en eussiez donné un coupeau d'oignon, tant laid il étoit de corps, & ridicule en son maintien, le nez pointu, le regard d'un taureau, le visage d'un fou, simple en mœurs, rustique en vêtemens, pauvre de fortune, infortuné en femmes, inepte à tous offices de la république, toujours riant, toujours buvant d'autant à un chacun, toujours se guabelant (2), toujours dissimulant son divin savoir. Mais ouvrant

(1) Tel que fut.

(2) Plaisantant & se moquant.

cette boîte, euſſiez au-dedans trouvé une céleſte & impréciable (1) drogue, entendement plus qu'humain, vertus merveilleuſes, courage invincible, ſobreſſe (2) non pareille, contentement certain, aſſurance parfaite, dépriſement incroyable de tout ce pourquoi les humains tant veillent, courent, travaillent, naviguent & bataillent.

» A quel propos, à votre avis, tend ce prélude & coup d'eſſai? Pour autant que vous, mes bons diſciples, & quelques autres fous de ſéjour (3), liſant les joyeux titres d'aucuns livres de notre invention, comme *Gargantua*, ***Pantagruel***, *Feſſepinte*, *la dignité des Braguettes*, *des pois au lard cum commento*, &c.; jugez trop facilement n'être au-dedans traité que mocqueries, folâtreries & menteries joyeuſes : vu que l'enſeigne extérieure, (c'eſt le titre) ſans plus avant enquérir, eſt communément reçu à déríſion & gaudiſſerie : mais par telle légéreté ne convient eſtimer les œuvres des humains; car vous-mêmes dites que l'habit ne fait le

(1) Inappréciable.

(2) Sobriété.

(3) Expreſſion originaire du Dauphiné & du Languedoc pour dire *oiſeux* ou *de loiſir*, comme ſont les ſoldats pendant les *ſéjours*. De là *ſejourné* pour *repoſé*, &c.

moine ; & tel eſt vêtu d'habit monacal, qui au-dedans n'eſt rien moins que moine ; & tel eſt vêtu de cape d'Eſpagnol, qui en ſon courage nullement n'affiert (1) à Eſpagne. C'eſt pourquoi faut ouvrir le livre, & ſoigneuſement peſer ce qui y eſt déduit. Lors connoîtrez que la drogue dedans contenue, eſt bien d'autre valeur que ne promettoit la boite. C'eſt-à-dire que les matieres ici traitées ne ſont tant folâtres, comme le titre au-deſſus prétendoit.

» Et poſé le cas qu'au ſens littéral vous trouviez matieres aſſez joyeuſes & bien correſpondantes au nom, ne faut pas toutefois demeurer là, comme au chant des ſyrenes, ains à plus haut ſens interpréter ce que par aventure cuidiez (2) dit de gaieté de cœur..... Vîtes-vous onc chien rencontrant quelque os médullaire (3) ? c'eſt, comme dit Platon, la bête du monde la plus philoſophe. Si vu l'avez, vous avez pu noter de quelle dévotion il le guette, de quel ſoin il le garde, de quelle ferveur il le tient, de quelle prudence il l'entâme, de quelle affection

(1) N'appartient, ne touche de près ; ce mot venoit de *ad* & de *ferire.*

(2) Vous croyiez.

(3) Rempli de moëlle.

il le briſe, & de quelle diligence il le ſuce. Qui l'induit à ce faire? quel eſt l'eſpoir de ſon étude? quel bien prétend-il? rien plus qu'un peu de moëlle. Vrai eſt (1) que ce peu eſt plus delicieux que le beaucoup de toutes autres, parce que la moëlle eſt aliment élabouré à perfection de nature.

» A l'exemple d'icelui, vous convient être ſages pour flairer, ſentir & eſtimer ces beaux livres.... Puis par curieuſe leçon & méditation fréquente, rompre l'os & ſucer la ſubſtantifique moëlle, c'eſt-à-dire, ce que j'entends par ces ſymboles pythagoriques, avec eſpoir certain d'être faits eſcorts (2) & preux à ladite lecture; car en icelle bien autre goût trouverez, & doctrine plus abſconſe (3); laquelle vous révélera de très-hauts ſacremens & myſteres honorifiques, tant en ce qui concerne notre religion que auſſi l'état politique & vie économique ».

Or, voilà préciſément, lecteur, la peine que je veux vous épargner, en la prenant moi-même. J'ai rompu l'os, & je vous offre la moëlle.

---

(1) Il eſt vrai.

(2) Prudens, de l'italien *ſcorto*.

(3) Secrete, cachée, du latin *abſcondere*.

CHAPITRE II.

De la Liſte civile, ou de la dépenſe perſonnelle d'un Roi.

ABSOLU ou non, un roi eſt toujours choſe fort chere dans un état. Pour faire ſentir cette vérité, autant qu'il le pouvoit ſous un roi deſpote, magnifique & prodigue, Rabelais ſe ſert d'une allégorie ingénieuſe qui ne paroît aux yeux des non-voyans qu'une exagération ridicule.

Il fait ſon roi Grand-Gouſier, & ſa reine Gargamelle de la race des géans. Le nom de grand-gouſier ou goſier porte la ſignification avec lui; & celui de gargamelle, ſoit qu'il ſignifie auſſi *gorge* ou *goſier*, en ſtyle burleſque, comme le veulent les commentateurs, ou qu'il ne ſoit qu'une corruption de *grande gamelle*, a, comme on voit, le même ſens. Le nom de leur fils Gargantua, ne veut pas dire autre choſe, & vient de l'Eſpagnol *garganta*, la gorge.

Qu'il ait voulu déſigner dans le perſonnage de Grand-Gouſier, notre bon roi Louis XII, ou qu'on lui ait prêté depuis cette intention, toujours eſt-il vrai qu'il a repréſenté dans cette famille royale une famille de mangeurs; & ſous cette allégorie, ce qu'eſt pour un état monarchique l'entretien de la maiſon d'un roi.

Il ne fait pas plus de grace à l'héritier préſomptif. Lorſque le petit Gargantua eſt né & baptiſé, il s'agit de le nourrir; « Et lui furent ordonnées, dit Rabelais, dix-ſept mille neuf cents treize vaches, pour l'alaiter ordinairement; car de trouver nourrice ſuffiſante, n'étoit poſſible en tout le pays, conſidéré la grande quantité de lait requis pour icelui alimenter. Combien qu'aucuns docteurs ſcotiſtes aient affirmé que ſa mere l'alaita, & qu'elle pouvoit traire de ſes mammelles quatorze cents deux pipes, neuf potées de lait pour chacune fois, ce qui n'eſt vraiſemblable, & a été la propoſition déclarée mammalement ſcandaleuſe, des pitoyables oreilles offenſive (1), & ſentant de loin héréſie ».

Les frais de ſon habillement ſont en proportion de ceux de ſa nourriture. » Pour ſa chemiſe furent levées neuf cents aulnes de toile de

---

(1) Offenſant les oreilles pieuſes. Sarcaſme contre les décrets de la Sorbonne, qui, ſur le moindre prétexte, déclaroient alors hérétique, & livroient pieuſement un homme aux fagots de la juſtice.

Chaſtelleraud..... pour ſon pourpoint, huit cents treize aulnes de ſatin blanc, & pour les aiguillettes, quinze cents neuf peaux & demi de chiens.... pour ſes chauſſes furent levées, onze cents cinq aulnes & un tiers d'eſtamet (1) blanc; pour ſes ſouliers, dix-huit cents aulnes de velours bleu...... ſa ceinture fut de trois cents aulnes & demie de ſerge de ſoie, moitié blanche & moitié bleue.... pour ſa robe, furent levées neuf mille ſix cents aulnes, moins deux tiers de velours bleu comme deſſus; pour ſon bonnet, trois cents deux aulnes un quart de velours blanc, & fut la forme d'icelui large & ronde à la capacité du chef, &c. »

Il ne faut ſans doute à nos fils de rois, ni tant de lait, ni tant d'étoffe; mais ajoutez à leur dépenſe réelle les voleries & le gaſpillage de ce qui les entoure, vous ne ſerez pas bien loin de compte.

(1) De tricot.

CHAPITRE III.

CHAPITRE III.

De l'Education d'un Roi.

Ce n'eſt pas tout de nourrir & d'habiller un jeune prince : il faut l'élever ; & c'eſt-là le difficile. Si vous voulez avoir une idée de ce que Rabelais trouvoit de ridicule dans l'éducation de ſon tems, & de celle qu'il auroit voulu mettre à la place, liſez ce chapitre & le ſuivant.

« Gargantua, depuis trois juſques à cinq ans, fut nourri & inſtitué en toute diſcipline convenante, par le commandement de ſon pere ; & celui tems paſſa comme le petits enfans du pays; c'eſt à ſavoir, à boire, manger & dormir ; à manger, dormir & boire ; à dormir, boire & manger ».

Après ce trait plaiſant, vient une longue énumération des paſſe-tems du bambin. Ce ſont quatre pages d'abſurdités & de niaiſeries, telles que celles-ci. « Toujours ſe vautroit par les fanges, acculoit ſes ſouliers, bâilloit ſouvent aux mouches, & couroit volontiers après les parpaillons (1), dont ſon pere tenoit l'empire ; il

(1) Papillons.

buvoit en ſa pantoufle, & ſe frottoit ordinairement le ventre d'un panier : il s'aſſeyoit entre deux ſelles le cul à terre, ſe couvroit d'un ſac mouillé, buvoit en mangeant ſa ſoupe, ſe cachoit en l'eau pour la pluie, mettoit la charette devant les bœufs, mangeoit ſon pain blanc le premier, faiſoit de la terre le foſſé, gardoit la lune des loups : les petits chiens de ſon pere mangeoient en ſon écuelle, lui de même mangeoit avec eux ; il leur mordoit les oreilles, ils lui égratignoient le nez, &c. ». Abſurdités & niaiſeries ſi vous voulez, mais qui ne reſſemblent pas trop mal à la première éducation de nos princes, entre les mains des femmes.

Si je diſois, par exemple, « il avoit paſſé ſa minorité à battre le tambour, à ſonner du cor, à faire de petits jets d'eau avec des tuyaux de plume, à prendre des moineaux avec des pigrièches », j'aurois l'air de continuer à copier Rabelais parlant du petit Gargantua ; point du tout : c'eſt une note ſur Louis XIII, datée de 1617, trouvée à la Baſtille, le grand jour des révélations, c'eſt-à-dire, le jour de ſa priſe. (*Mém. ſur la Baſtille*, tom. I.)

Sur la fin de la cinquieme année, Grand-Gouſier alla voir ſon fils chez ſes gouvernantes. « Là il fut réjoui comme un tel pere pouvoit être, voyant un ſien tel enfant ; &, le baiſant &

accolant, l'interrogeoit de petits propos puériles en diverſes ſortes; & but d'autant avec lui & ſes gouvernantes, auxquelles il demandoit entr'autres choſes ſi elles l'avoient tenu blanc & net.

» Le petit Gargantua prend la parole, & répond que dans tout le pays il n'y a garçon plus net que lui; & la preuve qu'il en donne, c'eſt que par longue & curieuſe expérience il a inventé une maniere de....... mais ne dois-je pas craindre de choquer ici le goût trop délicat de mes lecteurs? Non; dans un livre philoſophique on ne doit point s'arrêter à ces minuties. Le deſir d'être utile excuſe tout. Il avoit donc inventé une maniere de ſe torcher le cul; c'étoit d'employer à cet uſage un oiſon avec ſon duvet.

Les raiſons qu'il en donne & la belle diſſertation qu'il fait là-deſſus ſeroient ici fort inutiles; mais ce qui ne l'eſt pas, c'eſt de voir la conſéquence paternelle que Grand-Gouſier tire de cet entretien.

Philippe, roi de Macédoine, dit-il aux gouvernantes, reconnut le bon ſens de ſon fils Alexandre à le voir manier habilement & dompter un cheval robuſte & fougueux; c'eſt ce qui l'engagea à lui donner pour précepteur Ariſtote, le premier des philoſophes de la Gréce. « Mais je vous dis qu'en ce ſeul propos je connois que l'entendement de mon fils Gargantua participe de quelque divinité, tant je le vois aigu, ſubtil, profond & ſerein; & parviendra à degré ſouverain de ſapience, s'il eſt bien inſtitué ».

Il cherche donc un ſavant pour l'endoctriner: on lui enſeigne un grand docteur ſophiſte, qui apprend à Gargantua ſon alphabet, ſi bien qu'il le diſoit par cœur à rebours; il lui fait enſuite lire trois ou quatre bouquins inutiles & pédanteſques, inconnus aujourd'hui, & dès ce tems-là fort dignes de l'être; vient enſuite une bordée d'autres auteurs encore plus obſcurs, dont les noms ridicules ſont en partie de l'invention de Rabelais, & n'annoncent que ſotiſe & inutilité.

Au milieu de cette belle inſtruction, le pédant meurt: un autre lui ſuccéde, vieux touſſeux, dit Rabelais, nommé maître Jobelin Bridé, lequel ſuit les mêmes erremens, & ne farcit la tête de ſon éleve que de telles & ſemblables lectures. « A tant ſon pere apperçut que vraiment il étudioit très-bien, & y mettoit tout ſon tems; toutefois qu'en rien ne profitoit, & qui pis eſt, en devenoit fou, niais, tout rêveur & raſſoté ».

Il conſulte un homme ſage, qui lui dit qu'il vaudroit mieux ne rien apprendre, que tels livres ſous tels précepteurs. Cet homme fait voir au roi un jeune page élevé par de meilleurs maîtres. Le page adreſſe à Gargantua, un discours plein de grace, de politesse & de bon sens. « Mais toute la contenance de Gargantua fut qu'il se prit à pleurer comme une vache, & se cachoit le visage de son bonnet, & ne fut possible de tirer de lui une parole, non plus qu'un pet d'une âne mort ».

Lecteur, ne vous scandalisez pas de cette polissonnerie; attachez-vous au sens de cette petite scène allégorique : rappellez-vous, combien de princes, nés peut-être avec de l'esprit naturel, sont devenus incapables de la moindre réponse, par l'éducation niaise & insignifiante qu'ils ont reçue : rappellez-vous ce trait du duc de Berry, à la séance du parlement, pour sa renonciation à la couronne d'Espagne.

Le premier président lui adressa un compliment: le prince avoit appris une réponse de six lignes; il dit & répéta plusieurs fois, *Monsieur....* sans pouvoir aller plus loin. Le premier président attendit le peu de tems qu'auroient pu durer deux phrases, & s'inclina profondément, comme si la réponse eût été finie. Ce prince, affligé du déconcertement où il s'étoit trouvé, ne levoit par les yeux, & garda un silence morne jusqu'à Versailles. Pour l'achever, une princesse de Montauban vient au-devant de lui à son arrivée, & le félicite impudemment sur son éloquence. Le prince, n'y pouvant plus tenir, s'échappe brusquement, & lorsqu'il est en liberté il s'abandonne aux larmes & aux cris. Il s'emporte contre son gouverneur, qu'il accuse de sa mauvaise éducation. » On n'a cherché qu'à m'abrutir, s'écrioit-il en sanglotant, on y a réussi; on m'a rendu incapable de tout. Cet état violent dura deux heures ». (*Mém. de Duclos.* tom. I.) N'est-ce pas-là précisément la scène du fils de Grand-Gousier ?

CHAPITRE IV.

Continuation du même ſujet.

LE bon roi fut ſi courroucé de la ſottiſe de ſon fils, qu'il vouloit occire maître Jobelin. Mais on l'appaiſa : il ſe contenta de le chaſſer & de donner ſa place à Ponocrates, inſtituteur du jeune page. On ſera tout ſurpris de trouver dans Rabelais, non plus une ſatyre contre les mauvaiſes éducations, mais un plan régulier d'inſtitution domeſtique.

Ponocrates commence par bien purger le cerveau de ſon éleve, & lui faire oublier tout ce qu'il avoit appris; il diſtribue enſuite l'emploi de ſa journée, de maniere qu'il n'y ait pas une heure de perdue. Les lectures utiles, la toilette, les repas, les exercices du corps ſe ſuccédent, & quelquefois s'uniſſent enſemble. Voici, par exemple, un genre d'inſtruction auquel on ne ſonge gueres, quoiqu'on l'ait tous les jours ſous la main. « Au commencement des repas étoit lue quelqu'hiſtoire plaiſante des anciennes proueſſes, juſqu'à ce qu'il eût pris ſon vin. Lors, ſi bon ſembloit, on continuoit la lecture, on commençoit à deviſer joyeuſement, parlant de la vertu, propriété, efficace & nature de tout ce qui leur étoit ſervi à table; du pain, du vin, de l'eau, du ſel, des viandes, poiſſons, fruits, herbes, racines & de l'apprêt d'icelles. Ce que faiſant apprit en peu de tems tous les paſſages à ce compétens en Pline, Athenée, Dioſcoride, Ariſtote, Elien, &c..... & ſi bien & entiérement retint en ſa mémoire les choſes dites, que pour lors n'étoit médecin qui en ſût la moitié tant comme il faiſoit ».

Après le repas, on apportoit des cartes, non pour jouer, mais pour y apprendre mille petites inventions & gentilleſſes d'arithmétique; ce qui lui fit prendre goût à cette ſcience, dans laquelle, tout en jouant, il fit tant de progrès que Tunſtal, auteur anglois qui en avoit écrit, confeſſa qu'en comparaiſon de lui, il n'y entendoit que le haut-allemand.

La muſique n'étoit pas oubliée dans cette éducation libérale. « Ils s'ébaudiſſoient à chanter muſicalement à quatre & cinq parties, ou ſur un thême (1), à plaiſir de gorge. Au regard des inſtrumens de muſique, il apprit à jouer du luth, de l'épinette, de la harpe, de la flute allemande, de la viole & de la ſaquebute (2) ».

(1) Sur un ſujet donné.

(2) Inſtrument alors fort à la mode, eſpece de trompette

Venoient enſuite les exercices du corps, ſous la direction de l'écuyer Gymnaſte. Monter un cheval léger à la courſe, le faire voltiger, franchir les foſſés, ſauter les palis & tourner court dans un cercle à droite & à gauche ; ſauter d'un cheval ſur l'autre, les monter ſans étriers, des deux côtés également, les guider ſans bride ; apprendre à manier la lance & les autres armes utiles à la guerre ; chaſſer, jouer au ballon, & le lancer en l'air autant du pied que du poing, tout cela ne formoit qu'une partie des exercices de Gargantua ; l'autre partie, preſqu'inconnue dans l'éducation de nos enfans, & ſur-tout dans celle des enfans de nos rois, n'en ſeroit pas pour cela moins utile.

« Il luttoit, couroit, ſautoit, c'eſt-à-dire d'un ſaut perçoit un foſſé, voloit ſur une haie, montoit ſix pas contre une muraille, & rampoit de cette façon juſqu'à une fenêtre de la hauteur d'une lance : il nageoit en eau profonde, à l'endroit, à l'envers, de côté, de toutes les manieres, plongeoit au fond la tête la premiere ; puis s'élançoit dans un bateau, le tournoit, le gouvernoit, le guidoit vîte ou lentement, ſoit au fil de l'eau, ſoit contre le cou-

---

qui s'alonge à volonté. C'eſt le *trombone* ou le *pauſaun* des Allemands.

rant, ou le retenoit en pleine éclufe. Il ramoit, tendoit la voile, montoit au mât, ajuftoit la bouffole, les boulines, le gouvernail. Puis fortant de l'eau, il gravilfoit en courant une montagne & la defcendoit avec la même rapidité; il grimpoit aux arbres comme un chat; montoit le long d'un câble attaché à quelque haute tour, & fe laiffoit defcendre avec autant de rapidité que d'affurance ».

Après plufieurs autres jeux de cette efpece, « lui frotté, nettoyé & rafraichi d'habillemens, tout doucement retournoit, & paffant par quelques prés ou autres lieux herbus, vifitoient les arbres & plantes, les conférant avec les livres des anciens qui en ont écrit, comme Théophrafte, Diofcoride, Pline, &c., & en emportoient leurs pleines mains au logis ».

Le fouper étoit comme le dîner, accompagné de lectures, de propos inftructifs; fuivi de mufique vocale & inftrumentale, ou de petits paffe-tems avec des cartes & des dez. Quelquefois ils alloient vifiter les compagnies des gens lettrés, ou de gens qui euffent vu les pays étrangers.

La nuit venue, avant de fe retirer, ils alloient au lieu du logis le plus découvert, contempler la face du ciel : là ils remarquoient le cours des étoiles, les cométes, s'il y en avoit, les figures, ſituations, aſpects, oppoſitions & conjonctions des aſtres. Le maître & l'éleve récapituloient enſuite briévement ce qu'ils avoient vu, lu, fait & entendu dans la journée; puis ils prioient Dieu & s'alloient coucher.

Lorſque l'air étoit pluvieux & ne permettoit pas la promenade & les exercices après le dîner, ils demeuroient à la maiſon, & s'amuſoient à botteler du foin, à fendre & ſcier du bois, à battre des gerbes dans la grange; puis étudioient l'art de peinture & de ſculpture : ou bien ils alloient voir comment on tiroit les métaux, ou comment on fondoit l'artillerie; ou alloient viſiter les lapidaires, orfévres & tailleurs de pierreries, ou les chimiſtes & monnoyeurs; ou les hauteliſſiers, les tiſſutiers, les veloutiers, les horlogers, miroitiers, imprimeurs, organiſtes, teinturiers & autres ſortes d'ouvriers; « &, partout donnant le vin, apprenoient & conſidéroient l'induſtrie & invention des métiers. »

» Alloient ouïr les leçons publiques, les actes ſolemnels, les répétitions, les déclamations, les plaidoyers des avocats, les ſermons des prêcheurs évangéliques; paſſoit par les ſalles & lieux ordonnez pour l'eſcrime, & là s'eſſayoit contre les maîtres, & leur montroit par évidence qu'autant, voire plus en ſavoit qu'iceux. Et au lieu d'herboriſer, viſitoient les boutiques des drogueurs, herbiers & apothicaires, & soigneusement considéroient les fruits, racines, feuilles, gommes, semences, & ensemble comment on les préparoit.

» Toutefois Ponocrates, pour délasser son éleve de cette continuelle & véhémente intention des esprits, choisissoit, une fois le mois, quelque jour bien clair & serein, auquel ils sortoient au matin de la ville, & alloient à Gentilly, à Boulogne, à Montrouge, au pont de Charenton, ou à Vanvre, ou à Saint-Cloud. Et là, passoient toute la journée à faire la plus grande chere dont ils se pouvoient aviser; raillant, gaudissant, buvant d'autant; jouant, chantant, dansant, se vautrant en quelque beau pré; dénichant des passereaux, prenant des cailles, pêchant aux grenouilles & écrevisses. Mais encore que cette journée fût passée sans livre & lectures, point elle n'étoit passée sans profit. Car en ce beau pré ils récoloient par cœur quelque plaisans vers de l'agriculture de Virgile ou d'Hésiode; décrivoient quelques plaisantes épigrammes en latin; puis les mettoient en rondeaux & ballades en langue françoise.

» Ainsi fut élevé Gargantua; & continuoit ce procèz (1) de jour en jour, profitant, comme

(1) Procédé.

entendez que peut faire un jeune homme de bons ſens, en tel exercice; lequel, combien qu'il ſemblât pour le commencement difficile, fut en la continuation tant doux, léger & délectable, que mieux reſſembloit un paſſe-tems de roi, que l'étude d'un écolier ».

Ainſi ne furent jamais élevés nos fils de rois; & je ne prétends pas donner pour un parfait modele d'éducation royale cette inſtitution rabelaiſienne; mais on ne feroit pas ſi mal d'en adopter une partie; & ſi, par exemple, on tiroit ainſi une inſtruction utile des plus communes actions de la vie, ſi l'on entremêloit de cette maniere les exercices de l'eſprit & ceux du corps, il eſt à croire que les rois ne s'en porteroient & n'en vaudroient que mieux.

CHAPITRE V.

De la guerre & de la paix.

L'ABSURDITÉ, la nullité des motifs, qui occasionnent la plupart des guerres, l'éloignement qu'un bon roi doit avoir pour toute guerre inutile, & les moyens qu'il doit employer pour la prévenir, la folle jactance d'un prince fanfaron, & l'humiliation dont elle mérite d'être suivie, tout cela se trouve parfaitement représenté dans la guerre, déclarée à Grand-Goutier par Picrochole.

Aujourd'hui que quelques Picrocholes se mettent, comme des enfans mutins, en colere contre une nation libre; qu'ils pensent avoir une armée, parce qu'ils ont rassemblé quelques bandits, & un trésor inépuisable, parce qu'ils ont ajouté quelques millions à leurs dettes; avant qu'ils aient achevé de courir à leur honte & à leur perte, je voudrois, s'ils entendent encore le françois, leur faire lire le récit d'une guerre qui ne ressemble pas mal à celle qu'ils veulent entreprendre, & leur en présage le succès.

Les Fouaciers de Lerné, sujets de Picrochole, insultent gratuitement les bergers de Grand-

Goufier, & les maltraitent à coups de fouet. Les métayers du pays viennent au fecours des bergers, chaffent les ennemis à coups de bâtons & de pierres, & s'emparent de leurs fouaces, en les payant au prix courant. Picrochole entre en fureur, &, fans s'informer davantage, fait crier par fon pays ban & arriere ban. Ordre à tous fes fujets, fous peine de la hart, de s'affembler en armes, à l'heure de midi. En dînant, il diftribue les emplois de l'armée, & ordonne qu'elle fe mette en marche.

Elle fe répand dans le pays fans ordre ni difcipline, emmenant les beftiaux, la volaille; « abattant les noix, vendangeant les vignes, emportant les feps, croulant tous les fruits des arbres. C'étoit un défordre incomparable ». On a beau fupplier les foldats & fe mettre à leur merci : « rien plus ne répondoient, finon qu'ils leur vouloient apprendre à manger de la fouace».

Mais une partie de l'armée, après avoir ravagé le bourg de Sevillé, étant entré dans le clos de l'abbaye pour le piller, en eft chaffée avec perte & entiérement mife en déroute par le brave moine, frere Jean des Entommures, armé du bâton de la croix, dont il les affomme, frappant fur eux, fans dire gare, à tort & à travers. Ses moines le fuivent, *égorgetant* avec de petits coûteaux ceux qu'il bleffe & qu'il renverse, dépouillant ceux qu'il tue ; & croyez que c'étoit le plus horrible spectale qu'on vit oncques ».

Cependant Picrochole s'avance d'un autre côté avec ses gens, assiége la roche Clermaud, & s'en empare.

Le bon roi Grand-Gousier, apprenant toutes ces nouvelles, est pénétré de douleur. Il s'étonne qu'un ancien ami & allié vienne ainsi brusquement l'assaillir. Il prie Dieu de l'inspirer, de l'aider, jure & proteste devant lui de n'avoir jamais ni offensé ce roi, ni fait aucun dommage à ses gens. « Bon Dieu, tu connois mon courage, car à toi rien ne peut être célé ; si par cas il étoit devenu furieux, & que pour lui réhabiliter son cerveau tu me l'eusses ici envoyé, donne-moi & pouvoir & savoir le rendre au joug de ton saint vouloir par bonne discipline..... Las! ma vieillesse ne requéroit dorénavant que repos, & toute ma vie n'ai rien tant souhaité que la paix : mais il faut, je le vois bien, que maintenant de harnois je charge mes pauvres épaules, lasses & foibles, & qu'en ma main tremblante je prenne la lance & la masse, pour secourir & garantir mes pauvres sujets. La raison le veut ainsi; car de leur labeur je suis entretenu; & de leur sueur je suis nourri, moi, mes enfans & ma famille. Ce nonobstant, je je n'entreprendrai guerre que je n'aie essayé tous les arts & moyens de paix ».

Il fit assembler son conseil, où il fut décidé qu'on députeroit quelques hommes prudens vers Picrochole, pour lui demander pour quoi il en agissoit ainsi ; & qu'on enverroit à Paris quérir Gargantua & ses gens, pour venir, s'il en étoit besoin, défendre les états de son pere.

L'ambassadeur chargé de haranguer Picrochole, lui adresse un discours plein de raison & de sagesse. Il lui rappelle l'ancienne amitié que Grand-Gousier lui avoit témoignée, & sa fidélité à observer les traités. Quelle furie t'inspire donc, lui dit-il ? Quelle rage d'attaquer ses terres, sans en avoir été provoqué par lui ni par les siens ? « Où est foi ? où est loi ? où est raison ? où est humanité ? où est crainte de Dieu ? Cuides-tu ces outrages être célés aux esprits éternels, & au Dieu souverain, juste rétributeur de nos entreprises ? Si le cuides, tu te trompes, car toutes choses viendront à son jugement. Sont-ce fatales destinées ou influences des astres, qui veulent mettre fin à tes aises & repos ? Ainsi ont toutes choses leur fin & période ; & quand elles sont venues à leur point superlatif, elles sont en bas ruinées ; car elles ne peuvent long-tems en tel état demeurer. » Enfin il le conjure de rentrer en lui-même, de s'en retourner paisiblement, de payer ſeulement les dommages faits par ſon armée, & de donner pour otages quelques ſeigneurs de ſa cour.

A tout cela Picrochole ne répond autre choſe, ſinon : venez les quérir, venez les quérir ; ils vous en broyerontde la fouace. L'ambaſſadeur retourne vers Grand-Gouſier « qu'il trouve à genoux, tête nue, incliné en un petit coin de ſon cabinet, priant Dieu qu'il voulût amollir la colere de Picrochole & le mettre au point de raiſon, ſans y procéder par force. » L'ambaſſadeur lui déclare qu'il n'y a rien à eſpérer de Picrochole, qui lui paroît hors de ſens, délaiſſé de Dieu, & qui, pour tout éclairciſſement, ne lui a dit que quelques mots de fouaces, d'où il conclut qu'il faut que l'on ait fait outrage à ſes fouaciers.

Grand-Gouſier prend des informations, apprend le ſujet de la querelle, & reconnoît, ainſi que ſon conſeil, qu'elle eſt injuſte, puiſque les fouaces ont été payées. Cependant, dit-il, puiſqu'il n'eſt queſtion que de quelques fouaces, j'eſſaierai de le contenter, car il me déplaît trop de lever guerre. On avoit pris cinq douzaines de fouaces, il en commanda cinq charretées qu'il envoya vers Picrochole, avec une ſomme conſidérable d'argent pour un des fouaciers, bleſſé dans le premier choc, & le don d'une belle métairie à perpétuité. Picrochole & ſon général crurent qu'ils avoient peur. Ils rejetterent les propositions de paix ; & pour dernier outrage, ils prirent argent & fouaces, & bœufs & charretes, & renvoyerent les ambassadeurs sans mot dire, sinon qu'ils n'approchassent pas davantage, & qu'ils se tinssent prêts à la guerre.

Après ce bel exploit, les généraux & les courtisans de Picrochole l'environnent, le félicitent, & lui proposent de partager son armée en deux, dont l'une ira se ruer contre Grand-Gousier & ses gens : elle n'aura pas de peine à les vaincre ; & là, disent-ils, vous recouvrerez de l'argent à tas ; « car le villain en a du comptant. Villain, disons-nous, parce qu'un noble prince n'a jamais un sou. Thésauriser est fait de villain. »

L'autre partie tirera cependant vers l'Aunis, la Saintonge, l'Angoumois, la Gascogne, &c. & prendra sans résistance villes, châteaux & forteresses. Vous saisirez tous les vaisseaux, à Bayonne, à Saint-Jean-de-Luz, à Fontarabie ; &, côtoyant la Galice & le Portugal, vous pillerez tous les lieux maritimes jusques à Lisbonne. Par la corbieu, l'Espagne se rendra ; vous passerez le détroit, qui, de votre nom, sera nommé la mer Picrocholine. « Voici Barberousse qui se rend votre esclave. Je, dit Picrochole, le prendrai à merci. Voire, dirent-ils, pourvu qu'il se fasse baptiser. » Ils poursuivent ce plan de campagne,

& conduisent l'armée en Afrique, en Barbarie, puis à Maïorque, à Minorque, en Sardaigne, en Corse, enfin en Italie, & *à diousias* Rome. « Le pauvre monsieur du Pape se meurt déja de peur. Par ma foi, dit Picrochole, je ne lui baiserai pas sa pantoufle. » L'armée passe ensuite en Asie, & l'a bientôt conquise. Ici les conquérans ne parlent plus au futur, ni même au présent, mais au passé, & traitent la chose comme faite.

Pendant ce tems-là, la premiere partie de l'armée, après avoir vaincu Grand-Gousier, s'est avancée au nord, comme l'autre au midi, s'est emparée des royaumes & des empires septentrionaux, & vient enfin se réunir à l'autre, en Turquie. On tue, on extermine tous ces mécréans, & Picrochole donne leurs biens à ceux qui l'ont servi honnêtement. « La raison, dit-il, le veut, c'est équité. » Là-dessus il se met à leur faire la distribution des terres, & eux de le remercier & de faire des vœux pour lui.

« Là présent étoit un vieux gentilhomme, nommé Echephron, éprouvé en divers hasards, & vrai routier de guerre, lequel oyant ce propos, dit : j'ai grand'peur que toute cette entreprise ne soit semblable à la farce du pot au lait, duquel un cordonnier se faisoit riche par rêverie; puis, le pot cassé, n'eut de quoi dîner. Que prétendez-vous par ces belles conquêtes ? Quelle sera la fin de tant de travaux & de traverſes? — Ce ſera, dit Picrochole, que nous retournés, nous repoſerons à notre aiſe. — Dont dit Echephron: & ſi jamais n'en retournez? car le voyage eſt long & périlleux. N'eſt-il pas mieux que dès à préſent nous nous repoſions, ſans nous mettre en ces haſards? Oh! dit Spadaſſin, pardieu, voici un bon rêveur..... Qui ne s'aventure n'a cheval ni mule, dit Salomon. — Qui trop s'aventure, dit Echephron, perd & cheval & mule. » — Rien de tout cela ne touche ni les généraux ni Picrochole, qui ſe leve en diſant: Sus, qu'on dépêche tout, & qui m'aime me ſuive. »

Il ne faut pas oublier que cette ſcène d'un ſi bon comique parut ſous le regne d'un roi qui ne reſſembloit que trop à Picrochole, & à qui il en méſadvint comme à lui. C'eſt ainſi que, ſous le regne d'un autre roi conquérant, Boileau oſa ridiculiſer cette même fantaiſie de guerroyer, en ſe ſervant des mêmes armes, & faiſant uſage, comme Rabelais, d'une converſation connue, entre Cinéas & Pyrrhus. Ce qui n'empêche pas que Boileau n'ait été nommé un vil flatteur par des gens de lettres qui ont accablé de flatteries un roi bien au-deſſous de Louis XIV, & les maîtreſſes de ce roi, & les favoris de ces maîtreſſes, & les catins de ces favoris.

CHAPITRE VI.

Suite du précédent.

DANS ce même tems Gargantua, rappellé par ſon pere, revenoit de Paris, accompagné de Ponocrates ſon gouverneur, de ſon maître d'exercice, Gymnaſte, du jeune page Eudemon, & ſuivi à quelque diſtance, de ſes gens & de tout ſon train. En approchant du pays il envoie Gymnaſte à la découverte des ennemis. Gymnaſte, monté ſur un bon cheval, rencontre un détachement; &, après s'être dit *pauvre diable*, à toutes queſtions qu'on lui fait, il ſe met à faire ſur ſon cheval des tours de voltige & des ſauts ſi ſurprenans qu'on le prend en effet pour un diable. L'épouvante ſe met dans la troupe. Gymnaſte en profite, tire ſon épée, frappe d'eſtoc & de taille, tue le capitaine & pluſieurs ſoldats; le reſte prend la fuite.

» Ce fait, Gymnaſte ſe retire, conſidérant que les cas de hazard, jamais ne les faut pourſuivre juſqu'à leur période; & qu'il convient à tous chevaliers révérentement traiter leur bonne fortune, ſans la moleſter ni gêner ». Il revient à ſon maître, raconte ce qu'il a fait, « affirmant qu'ils n'étoient que marauds, pillards & brigands, ignorans de toute discipline militaire, & que hardiment ils se missent en voie (1) : car il leur seroit très-facile de les assommer comme bêtes. C'est ce qu'ils font, peu nous importe comment.

Picrochole se mit en fureur lorsqu'il sut la défaite de son détachement; lorsqu'il apprit que les diables avoient couru sur ses gens & les avoient mis en déroute. Il tint conseil toute la nuit; & le résultat fut que sa puissance étoit telle, qu'il pouvoit défaire tous les diables d'enfer, s'ils y venoient. Mais, pour plus grande sûreté, en envoyant un second détachement plus nombreux, il fait asperger les soldats d'eau bénite, & donner à chacun une étole en écharpe; ce qui ne les empêcha pas de fuir encore, lorsqu'ils eurent rencontré Gargantua, sa troupe & le moine, qui, jurant toujours selon sa coutume, s'écrie en les voyant: chocquons, diables! chocquons. Ils fuient donc malgré l'eau bénite & les étoles, & le moine de les poursuivre & de les tuer comme mouches.

Gargantua retient ses gens, & les empêche de se mettre aussi à leur poursuite. « Car, selon vraie discipline militaire, jamais ne faut mettre son ennemi en lieu de désespoir. Parce que telle

(1) En route.

nécessité lui multiplie sa force & accroît le courage, qui jà étoit deject (1) & failli. Et n'y a meilleur remede de salut à gens étonnés & recrus que de n'espérer salut aucun......... Ouvrez toujours à vos ennemis toutes les portes & chemins, & plutôt leur faites un pont d'argent, afin de les renvoyer ».

Le moine s'avançant toujours, les ennemis se retournent enfin, s'apperçoivent qu'il est seul, reviennent sur lui en foule & le font prisonnier. Ils croyent que la troupe de Gargantua, qui ne les suit point, a fui de son côté. Le courage leur revient, ils courent à bride abattue pour l'attaquer; mais ils sont reçus autrement qu'ils ne comptoient: Gargantua, Gymnaste & les autres en font un si grand carnage, qu'ils commencent à se retirer, « tous effrayés & perturbés de sens & entendement, comme s'ils vissent la propre espece & forme de la mort devant leurs yeux ». Le moine, s'étant défait de ceux qui le gardoient, se joint aux vainqueurs, acheve de tuer & de dissiper entiérement la troupe envoyée par Picrochole, & fait prisonnier le capitaine.

Celui-ci fut présenté à Grand-Goulier, & interrogé par lui sur l'entreprise de Picrochole, & sur ce qu'il prétendoit par tout ce vacarme.

---

(1) Abattu, du latin *dejectus*.

« A quoi répondit que ſa fin & ſa deſtinée étoit de conquêter tout le pays, s'il pouvoit, pour l'injure faite à ſes fouaciers. C'eſt, dit Grand-Gouſier, trop entrepris : qui trop embraſſe peu étreint. Le tems n'eſt plus d'ainſi conquêter les royaumes, avec dommage de ſon prochain frere Chriſtian; cette imitation des anciens Hercules, Alexandres, Annibals, Scipions, Céſars & autres tels, eſt contraire à la profeſſion de l'évangile, par lequel nous eſt commandé garder, ſauver, régir & adminiſtrer chacun ſes pays & terres, non hoſtilement envahir les autres; & ce que les Sarraſins & Barbares jadis appelloient proueſſes, maintenant nous appellons briganderies & méchancetés ».

» Mieux eût-il fait ſoi contenir dans ſa maiſon, royalement la gouvernant, que m'inſulter en la mienne, hoſtilement la pillant; car par bien la gouverner l'eût augmentée, par me piller ſera détruit. Allez-vous-en, au nom de Dieu; & remontrez à votre roi les erreurs que vous connoîtrez. Quant à votre rançon, je vous la donne entiérement, & veux que vous ſoient rendus armes & cheval. Ainſi faut-il faire entre voiſins & anciens amis, &c. ».

Ce capitaine, de retour chez Picrochole, voulut l'engager à faire la paix avec Grand-Gouſier : l'un des flatteurs du roi l'accuſa d'être un traître, & ſoutint que la victoire étoit sûre. Un coup d'épée au travers du corps fut ſa réponſe ; ainſi périſſe, ajouta-t-il, qui blâmera les fidelles ſerviteurs du roi. Mais Picrochole, furieux de la mort de ſon favori, fit mettre ce capitaine en pieces par ſes gardes. L'armée commence à murmurer contre lui ; mais il n'en donne pas moins ordre de marcher à l'ennemi.

Cependant tous les peuples alliés de Grand-Gouſier lui envoient offrir des ſecours. Il n'en accepte qu'une partie, & ſon fils Gargantua s'avance avec cette troupe bien diſciplinée, & fournie de toutes les munitions néceſſaires, contre celle de Picrochole où le déſordre regne, où rien n'eſt ni prévu, ni ſoumis. La victoire ne fut pas long-tems incertaine. Picrochole vaincu & mis en fuite avec ceux de ſes gens qui pûrent échapper à la mort, en fut bientôt abandonné. Réduit à la plus affreuſe miſere, il n'en fut conſolé que par une vieille qui lui prédit que ſon royaume lui ſeroit rendu à la venue des Cocquecigrues.

« Depuis ne ſait-on ce qu'il eſt devenu. Toutefois l'on m'a dit qu'il eſt de préſent pauvre gagnedenier à Lyon, colere comme devant ; & toujours s'enquérant à tous étrangers de la venue des Cocquecigrues, eſpérant ſelon la prophétie de la vieille, être, à leur venue, réintégré dans ſon royaume ». Ne croyez-vous pas voir les plus entêtés de nos ci-devant princes, grands & petits ſeigneurs, & féodaux de toute eſpece, vingt ans encore après la Conſtitution finie & conſolidée, errer dans les villes étrangeres, s'enquérant toujours d'une contre-révolution, comme Picrochole de ſes Cocquecigrues ?

Gargantua, loin d'abuſer de ſa victoire, pardonne aux vaincus, rend la liberté aux priſonniers, conſerve au fils de Picrochole les états de ſon pere; &, comme ſon trop jeune âge l'empêchoit de régner, il établit une régence, pour maintenir l'ordre, & veiller aux intérêts du trône & à ceux du Peuple. Puis il récompenſa magnifiquement les officiers de ſon armée, & les renvoya chez eux, comblés d'honneurs & de bienfaits.

Il fait bâtir pour frere Jean des Entommures, qui l'avoit ſi bien aidé dans cette guerre, l'abbaye de Théleme, où tout fut inſtitué au rebours des autres couvens; où il n'y eut ni cloître, ni murs; où les femmes & les hommes vivoient dans une liberté décente; où enfin il n'y avoit d'autre regle que celle-ci :

Fais ce que tu voudras.

CHAPITRE VII.

Du ſort des héros dans l'autre monde, & des métamorphoſes politiques.

Ce chapitre paroît d'une folie tout-à-fait extravagante. Les ſages y trouveront cependant quelque choſe de philoſophique; & verront peut-être dans ces *métamorphoſes* des prédictions accomplies. Quant aux applications particulieres, cela ne me regarde pas. Je citerai le texte pur de Rabelais : je n'y ajouterai ni un mot ni une réflexion. Ceux à qui cela déplaira n'auront, comme ils vont le voir, qu'à ſe faire couper la tête, & s'aller plaindre à lui dans l'autre monde.

Dans la guerre que Pantagruel, fils de Gargantua, eut à ſoutenir contre les Dipſodes, Epiſtemon ſon gouverneur eut la tête coupée. Mais Panurge la lui rajuſta très-bien, & il ne reſta mort que quelques heures. « Là il commença à parler, diſant qu'il avoit vu les diables, avoit parlé à Lucifer familiérement, & fait grande chere en enſer, & par les champs élyſées; & aſſuroit devant tous que les diables étoient bons compagnons.

» Au regard des damnés, il dit qu'il étoit bien marri de ce que Panurge l'avoit sitôt rappellé à la vie; car je prenois, dit-il, un singulier passe-tems à les voir. Comment, dit Pantagruel? on ne les traite, dit Epistemon, si mal que vous penseriez; mais leur état est changé en étrange façon.

» Car je vis Alexandre-le-Grand qui rapetassoit de vieilles chausses, & ainsi gagnoit sa pauvre vie; Xerxès crioit de la moutarde; Romulus, étoit saulnier; Cyrus, vacher; Thémistocles, verrier; Priam vendoit de vieux drapeaux. Tous les chevaliers de la Table-ronde étoient pauvres gagne-deniers, tirant la rame pour passer les rivieres de Cocyte, Phlégéton, Styx, Achéron & Léthé, quand messieurs les diables se veulent ébattre sur l'eau, comme font les bateliers de Lyon & Gondoliers de Venise; mais pour chaque passade, ils n'en ont qu'une nazarde, & sur le soir quelque morceau de pain moisi. Trajan étoit pêcheur de grenouilles; Hector étoit fripessauce; Achilles botteleur de foin; Neron étoit vielleux, & Fierabras, son valet, qui lui faisoit mille maux, & lui faisoit manger du pain bis, & boire du vin poussé: lui mangeoit & buvoit du meilleur.

» Le pape Jules étoit crieur de petits pâtés ; le pape Boniface VIII, écumeur de marmites ; le pape Alexandre VI, preneur de rats, &c. &c.

» En cette façon ceux qui avoient été gros ſeigneurs en ce monde-ci, gagnoient leur pauvre, méchante & paillarde vie là-bas. Au contraire les philoſophes & ceux qui avoient été indigens en ce monde, de par-delà étoient gros ſeigneurs à leur tour. Je vis Diogène qui ſe prélaſſoit en magnificence, avec une grande robe de pourpre & un ſceptre en ſa dextre (1), & faiſoit enrager Alexandre-le-Grand, quand il n'avoit pas bien rapetaſſé ſes chauſſes, & le payoit à grands coups de bâton. Je vis Epictete vêtu galamment à la françoiſe, ſous une belle ramée, avec force demoiſelles, ſe rigolant, buvant, danſant, faiſant grand'chere, & auprès de lui force écus au ſoleil (2).

» Cyrus vint lui demander un denier en l'hon-

(1) Main droite.

(2) Rabelais avoit à cœur ces changemens d'état entre les gueux & les rois. Il y revient encore ailleurs, de cette maniere : « Je penſe que pluſieurs ſont aujourd'hui empereurs, rois, ducs, princes & papes en la terre, leſquels ſont deſcendus de quelques porteurs de couſtrets & de rogatons ; comme au contraire pluſieurs ſont gueux de l'hoſtiere, ſouffreteux & miſérables, leſquels ſont deſcendus de ſang & ligne de grands rois & empereurs, &c. ».

neur de Mercure, pour acheter un peu d'oignon pour ſon ſouper. Rien, rien, dit Epictete, je ne donne point de deniers. Tiens, maraud, voilà un écu, ſois homme de bien. Cyrus fut bien aiſe d'avoir rencontré tel butin. Mais les autres coquins de rois qui ſont là-bas, comme Alexandre, Darius & autres, le déroberent la nuit.

» Je vis Maître Jean Lemaire qui contrefaiſoit du pape, & à tous ces pauvres rois & papes de ce monde faiſoit baiſer ſes pieds, & leur donnoit ſa bénédiction, diſant : gagnez les pardons, coquins, gagnez ; ils ſont à bon marché ; je vous abſous de pain & de ſoupe, & vous diſpenſe de valoir jamais rien. »

Or, dit Pantagruel, réſerve-nous tous ces beaux contes à une autre fois ; faiſons maintenant bonne chere, & buvons. Lors dégaînerent les flacons, les munitions du camp, & ſe mirent à faire grande chere. Mais le pauvre roi Anarche, roi des Dipſodes, qui venoit d'être fait priſonnier, ne ſe pouvoit réjouir. « Dont dit Panurge : de quel métier ferons-nous ce monſieur du roi-ci, afin qu'il ſoit jà tout expert en l'art, quand il ſera de par-delà à tous les diables ? Vraiment, dit Pantagruel, c'eſt bien aviſé à toi. Or, fais-en à ton plaiſir ; je te le donne.

» Grand merci, dit Panurge ; le préſent n'eſt de refus..... Je le veux faire homme de bien : ces diables de rois ne font que veaux, & ne savent ni ne valent rien, sinon à faire des maux aux pauvres sujets, & à troubler le monde par guerre, pour leur inique & détestable plaisir. Je le veux mettre en métier, & le faire crieur de sauce verte. Or, commence à crier : vous faut-il point de sauce verte ? Et le pauvre diable crioit. C'est trop bas, dit Panurge ; & le prit par l'oreille, disant : chante plus haut, en G, sol, re, ut. Ainsi. Diable! tu as bonne gorge ; tu ne fus jamais si heureux que de n'être plus roi.

» Ainsi fut Anarche bon crieur de sauce verte. Deux jours après, Panurge le maria avec une vieille lanterniere, & lui-même fit les noces ; & pour les faire danser, loua un aveugle qui leur sonnoit la note avec sa vielle. Après diner les amena au palais, & les présenta à Pantagruel, qui leur donna une petite loge auprès de la basse rue, & un mortier de pierre à piler la sauce. Et firent en ce point leur petit ménage ; & fut aussi gentil crieur de sauce verte qui fut oncques vu en Utopie. Mais l'on m'a dit depuis que sa femme le bat comme plâtre ; & le pauvre sot ne s'ose défendre, tant il est niais ».

CHAPITRE VIII.

De l'ancien ordre judiciaire, du parlement, & des juridictions inférieures.

BIEN des gens, même parmi ceux qui n'approuvent pas entiérement le nouvel ordre judiciaire, approuvoient encore moins l'ancien, & se sont égayés de tous tems aux dépens des cours dites souveraines, & du hasard qui, le plus souvent, dictoit leurs jugemens suprêmes, & de l'art avec lequel on y savoit prolonger, nourrir &, pour ainsi dire, engraisser un procès, & de la dureté des formes, & de la rapacité des juges, en un mot de tout ce qu'il y avoit de ridicule & d'injuste dans l'administration de la justice. Mais personne que je sache ne l'a fait d'une maniere aussi originale, aussi piquante, que Rabelais. Ici sur-tout ses plaisanteries sont des emporte-pieces. Un auteur qui sous le dernier regne en eût osé dire autant, se fût mis dans de belles affaires!

Pantagruel vouloit que Panurge consultât sur son mariage le bonhomme Bridoye, juge d'un village voisin. Il envoie chercher Bridoye; mais un huissier du parlement de Myrelingues l'étoit venu ajourner pour comparoître perſonnellement, « & devant les ſénateurs rendre raiſon de quelque ſentence par lui donnée. » Il étoit parti le jour précédent pour ſe préſenter au jour de l'aſſignation.

« Je veux, dit Pantagruel, entendre ce que c'eſt. Il y a plus de quarante ans qu'il eſt juge, & pendant ce tems il a donné plus de quarante mille ſentences définitives. De deux mille trois cents neuf autres ſentences par lui données, fut appellé par les parties condamnées, en la cour ſouveraine du parlement de Myrelingues : toutes par arrêt d'icelle ont été ratifiées, approuvées, & confirmées, les appels renverſés & mis au néant. Que maintenant donc il ſoit ajourné perſonnellement ſur ſes vieux jours, lui, qui par-tout le paſſé a vécu ſi ſaintement en ſon état, ne peut être ſans quelque déſaſtre. Je lui veux de tout mon pouvoir être aidant en équité. Je ſais aujourd'hui la malignité du monde être tant aggravée, que bon droit a bien beſoin d'aide ».

Le jour ſuivant, à l'heure de l'aſſignation, Pantagruel arriva en Myrelingues. Les préſidens, ſénateurs & conſeillers le prierent d'entrer avec eux, & d'ouïr la déciſion des cauſes & raiſons qu'allégueroit Bridoye, d'une ſentence qui ne ſembloit du tout équitable à icelle cour. « Pantagruel entre volontiers, & là, trouve Bridoye au milieu du parquet aſſis, & pour toutes raiſons & excuſes rien plus ne répondant, ſinon qu'il étoit vieux devenu, & qu'il n'avoit la vue ſi bonne comme de coutume, alléguant pluſieurs miſeres & calamités que vieilleſſe apporte avec ſoi ; pourquoi ne connoiſſoit tant diſtinctement les points des dez comme il avoit fait par le paſſé. Dont pouvoit être qu'en la façon qu'Iſaac mal-voyant, prit Jacob pour Eſaü, ainſi à déciſion du procès dont étoit queſtion, il auroit pris un quatre pour un cinq ; notamment référant que lors il avoit uſé de ſes petits dez ; & que par diſpoſition de droit, les imperfections de nature ne doivent être imputées à crime ; & qui autrement feroit, accuſeroit non l'homme, mais nature.

» Quels dez entendez-vous, mon ami, demandoit Trinquamelle, grand préſident d'icelle cour ? Les dez des jugemens, répondit Bridoye, deſquels dez vous autres, meſſieurs, ordinairement uſez en cette votre cour ſouveraine : auſſi font tous autres juges en déciſion des procès. Et comment, demandoit Trinquamelle, faites-vous, mon ami (1) ? Je fais, répondit Bridoye, comme vous autres, meſſieurs, & comme eſt l'uſance de judicature, à laquelle nos droits commandent toujours déferer.

(1) Ce *mon ami*, que Trinquamelle dit à chaque phraſe, marque la ſupériorité ariſtocratique d'un premier préſident de cour ſouveraine, parlant à un juge de village.

» Ayant bien vu, revu, lu, relu, paperassé & feuilleté les complaintes, ajournemens, comparitions, commissions, informations, avant-procédés, productions, allégations, dits, contredits, requêtes, enquêtes, répliques, dupliques, lettres royaux, compulsoires, déclinatoires, évocations, renvois, conclusions, appointemens, exploits, & autres telles dragées & épiceries de part & d'autre, comme doit faire le bon juge, je pose sur le bout de la table en mon cabinet tous les sacs du défendeur, & lui livre chance premiérement, comme vous autres, messieurs. Cela fait, je pose les sacs du demandeur, comme vous autres, messieurs, sur l'autre bout *visum visu*. Pareillement, & quant & quant je lui livre chance.

» Mais, mon ami, demandoit Trinquamelle, à quoi connoissez vous l'obscurité des droits prétendus par les parties plaidoyantes? Comme vous autres, messieurs, répondit Bridoye, savoir est quand il y a beaucoup de sacs de part & d'autre; & lors j'use de mes petits dez, comme vous autres, messieurs. J'ai d'autres gros dez bien beaux & harmonieux, desquels j'use, comme vous autres, messieurs, quand la matiere est plus liquide, c'est-à-dire, quand moins y a de sacs.

» Cela fait, demandoit Trinquamelle, comment sentenciez-vous, mon ami? Comme vous autres, messieurs, répondit Bridoye, je donne sentence pour celui duquel la chance livrée par le sort du dez judiciaire premier advient (1).

» Voire mais, demandoit Trinquamelle, mon ami, puisque par sort & jet de dez vous faites vos jugemens, pourquoi ne livrez-vous cette chance le jour & heure propre que les parties controverses comparoissent par-devant vous sans autre délai ? De quoi vous servent ces écritures, & autres procédures contenues dans les sacs ? Comme à vous autres, messieurs, répondit Bridoye, elles me servent de trois choses exquises & authentiques. Premiérement pour la forme, en omission de laquelle ce qu'on a fait n'est valable. Davantage, vous savez trop mieux que souvent en procédures judiciaires les formalités détruisent les matérialités & substances.

» Secondement, comme à vous autres, messieurs, me servent d'exercice honnête & salutaire. Un grand médecin m'a dit maintes fois que faute d'exercitation corporelle est cause unique du peu de santé & briéveté de vie de vous autres, messieurs, & tous officiers de justice. Pourquoi sont concédés à nous consécutivement, comme à vous autres, messieurs, certains jeux d'exercice honnête & recréatif. Or, je dirois, comme vous

(1) Arrive la premiere.

autres, messieurs, qu'il n'est exercice tel, ni plus aromatisant en ce monde, que vuider sacs, feuilleter papiers, quoter cahiers, remplir paniers, & visiter procès.

» Tiercement, comme vous autres, messieurs, je surseois, délaye & differe le jugement, afin que le procès bien ventillé, grabelé & débattu, vienne par la succession de tems à sa maturité, & le sort par après advenant soit plus doucement porté des parties condamnées. C'est pourquoi, comme vous autres, messieurs, je temporise, attendant la maturité du procès, & sa perfection en tous membres : ce sont écritures & sacs.

» Un procès, à sa naissance premiere, me semble, comme à vous autres, messieurs, informe & imparfait. Comme un ours naissant n'a pieds ni mains, peau, poil, ni tête : ce n'est qu'une piece de chair rude & informe, l'ourse, à force de lécher, la met en perfection des membres; ainsi vois-je, comme vous autres, messieurs, naître les procès à leur commencement informes & sans membres : ils n'ont qu'une piece ou deux : c'est pour lors une laide bête. Mais lorsqu'ils sont bien entassés, enchassés, & ensachés, on les peut vraiement dire membrus & formés. Comme vous autres, messieurs, semblablement les sergens, huissiers, appariteurs, chicaneurs, procureurs, commissaires, avocats, enquêteurs, tabellions, notaires, greffiers & juges, ſuçant bien fort & continuellement la bourſe des parties, engendrent à leur procès tête, pieds, griffes, bec, dents, mains, veines, artères, nerfs, muſcles, humeurs; ce ſont les ſacs: ainſi rendent le procès parfait, galant & bien formé.

» Voire mais, demandoit Trinquamelle, mon ami, comment procédez-vous en action criminelle, la partie coupable priſe *flagrante crimine ?* comme vous autres, meſſieurs, répondit Bridoye, je laiſſe & commande au demandeur dormir bien fort pour l'entrée du procès, puis venir devant moi, m'apportant bonne & juridique atteſtation de ſon dormir. Cet acte engendre quelque autre membre: de celui-là naît un autre, comme maille à maille eſt fait l'aubergeon (1). Enfin je trouve le procès par informations bien formé & parfait en ſes membres. A doncques je retourne à mes dez. »

Bridoye ſe tut, & on le fit ſortir du parquet. Alors Trinquamelle pria Pantagruel de prononcer ſur cette matiere, » tant nouvelle, tant paradoxe & étrange de Bridoye qui, lui préſent, voyant & entendant, a confeſſé juger au ſort des dez »; Pantagruel refuſe de prendre ſur lui ce jugement;

(1) La cotte de mailles, ancienne armure.

mais, dit-il, au lieu de faire office de juge, je tiendrai lieu de ſuppliant. « En Bridoye je reconnois pluſieurs qualités, par leſquelles me ſembleroit mériter pardon du cas advenu. Premiérement vieilleſſe, ſecondement ſimpleſſe, auxquelles nos loix octroient grande facilité de pardon & excuſe : tiercement, c'eſt que cette unique faute doit être abolie, éteinte & abſorbée en la mer immenſe d'équitables ſentences qu'il a données par le paſſé, & que par quarante ans & plus, on n'a en lui trouvé acte digne de répréhenſion. Et me ſemble qu'il y a je ne ſais quoi de Dieu, qui a fait & diſpenſé qu'à ces jugemens de ſort toutes les précédentes ſentences aient été trouvées bonnes en cette vénérable & ſouveraine Cour; lequel, comme vous ſavez, veut ſouvent ſa gloire apparoître en l'hébétation des ſages, en la dépreſſion des puiſſans, & en l'élévation des ſimples & humbles. »

Si vous connoiſſez, lecteurs, un trait comique ou ſatyrique mieux & plus délicatement lancé que celui-là, je vous en fais mon compliment.

CHAPITRE IX.

De la Grand'chambre.

PANTAGRUEL voyage par mer avec toute ſa cour pour aller conſulter un oracle ſur le mariage de Panurge : ils arrivent à l'iſle de Condemnation, paſſent un guichet & s'y trouvent pris & faits priſonniers, par ordre de Grippeminaud, archiduc des chats-fourrés.

« Les chats-fourrés, dit l'un des voyageurs, ſont bêtes moult horribles & épouvantables : ils mangent les petits enfans, & paiſſent ſur des pierres de marbre. (1) Ils ont le poil de la peau non hors ſortant, mais au-dedans caché ; & portent pour leur ſymbole & deviſe tous & chacun d'eux une gibeciere ouverte. Ont auſſi les griffes tant fortes, longues & aſſérées, que rien ne leur échappe, depuis qu'une fois l'ont mis entre leurs ſerres ; & ſe couvrent la tête aucunes fois de bonnets à quatre gouttieres, autres de bonnets à revers, autres de mortiers.

---

(1) La plus inſigne *mangerie* du palais ſe fait à Paris à la grand'chambre, & de tout tems cette chambre a été pavée de marbre. *Note du commentateur de* Rabelais.

» Entrant en leur tapinaudiere, nous dit un gueux de l'hostiere auquel avions donné demi-teston : gens de bien, Dieu vous donne de céans bientôt en santé sortir. Considérez bien le minois de ces vaillans piliers, arcboutans de justice grippe-minaudiere; & notez que si vivez encore six olympiades, vous verrez ces chats-fourrés seigneurs de tout le bien & domaine qui est en icelle terre, si en leurs héritiers, par divine punition, soudain ne dépérissoit le bien & revenu par eux injustement acquis. Tenez-le d'un gueux de bien. Parmi eux regne une science, moyennant laquelle ils grippent tout, dévorent tout, & gâtent tout; ils brûlent, écartelent, décapitent, meurtrissent, empoisonnent, ruinent, & minent tout, sans distinction de bien & de mal. Car parmi eux vice est vertu appellé; méchanceté est bonté surnommée; trahison a nom de loyauté; larcin est dit libéralité : pillerie est leur devise, & par eux faite est trouvée bonne de tous les humains, exceptez-moi les hérétiques (1); & font le tout avec souveraine & irréfragable autorité.

» De ce quelque jour vous souvienne; & si jamais peste au monde, famine ou guerre, cataclisme, conflagrations, malheurs adviennent, ne les attribuez, ne les référez aux conjonctions

---

(1) En ce tems-là le parlement les faisoit brûler.

des planettes maléfiques, aux abus de la cour romaine, ou tyrannie des rois & princes terriens, à l'imposture des cafards, hérétiques & faux prophètes, à la malignité des usuriers, faux monnoyeurs, rogneurs de testons, ni à l'ignorance, impudence & imprudence des médecins, chirurgiens, apothicaires, ni à la perversité des femmes adulteres, vénéfiques (1), infanticides; attribuez-le tout à la ruine indicible, incroyable, & inestimable méchanceté, laquelle est continuellement forgée & exercée en l'officine de ces chats-fourrés, & n'est au monde connue, non plus que la cabale des juifs; aussi n'est-elle détestée, corrigée & punie comme feroit de raison. Mais si elle est quelque jour mise en évidence & manifestée au peuple, il n'est & ne fut orateur tant éloquent, qui par son art les retint, ni loi tant rigoureuse qui par crainte de peine les gardât, ni magistrat tant puissant qui, par force empêchât de les faire tous vifs là-dedans brûler. Leurs enfans propres chats-fourillons & autres parens les avoient en horreur & abomination; aussi ai-je de feu mon pere injonction de demeurer ici dehors, attendant que là-dedans tombe la foudre du ciel, & en cendre les réduise, comme autres Titans, profanes & ennemis des Dieux.

---

(1) Empoisonneuses.

» Qu'eſt-ce cela ? dit Panurge. Ha, non, non, je n'y vais pas, par Dieu : retournons, retournons, dis-je. Ce noble gueux m'a plus fort étonné, que ſi du ciel en automne eût tonné. Retournant, trouvâmes la porte fermée ; & nous fut dit que là façilement on y entroit, comme en Averne ; à en ſortir étoit la difficulté ; & que ne ſortirions hors en maniere que ce fût, ſans bulletin de décharge de l'aſſiſtance. Le pis fut quand paſsâmes le guichet. Car nous fûmes préſentés, pour avoir notre bulletin & déçharge, devant un monſtre, le plus hideux que jamais fut décrit : on le nommoit Grippeminaud.

» Je ne vous le ſaurois mieux comparer qu'à une Chimere, ou à Sphinx & Cerberus, ou bien au ſimulacre d'Oſiris, ainſi que le figuroient les Egyptiens, par trois têtes enſemble jointes ; ſavoir eſt d'un lion rugiſſant, d'un chien flattant, & d'un loup baillant, entortillés d'un dragon, ſe mordant la queue, & de rayons ſcintillans à l'entour. Les mains avoit pleines de ſang, les griffes comme de harpie, le muſeau à bec de corbin, les dents d'un ſanglier de quatre ans, les yeux flamboyans comme une gueule d'enfer, tout couvert de mortiers entrelaſſés de pilons, ſeulement paroiſſoient les griffes. Le ſiége d'icelui & de tous ſes collatéraux chats-garenniers, étoit d'un long ratelier tout neuf, au-deſſus duquel, par forme de revers, étoient mangeoires fort amples & belles.

» A l'endroit du ſiége principal étoit l'image d'une vieille femme, tenant en main droite un fourreau de faucille, en la gauche une balance, & portant beſicles aux nez. Les coupes de la balance étoient de deux gibecieres veloutées; l'une pleine de billon & pendante, l'autre vuide & longue, élevée au-deſſus du trébuchet; & ſuis d'opinion que c'étoit le portrait de juſtice grippeminaudiere, bien abhorrante de l'inſtitution des antiques Thébains qui érigeoient les ſtatues de leurs juges après leur mort, en or, en argent ou en marbre, ſelon leur mérite, toutes ſans mains.

» Quand fûmes devant lui préſentés, ne ſais quelle ſorte de gens, tous vêtus de gibecieres & de ſacs, à grands lambeaux d'écriture, nous firent ſur une ſellette aſſeoir. Panurge diſoit, mes amis, je ne ſuis que trop bien ici de bout : auſſi bien elle eſt trop baſſe pour homme qui a chauſſes neuves & court pourpoint. Aſſeyez-vous là, répondirent-ils, & que plus on ne vous le die. La terre préſentement s'ouvrira, pour tous vifs vous engloutir, ſi faillez à bien répondre.

» Quand fûmes aſſis, Grippeminaud, au milieu de ſes chats-fourrés, nous dit en paroles furieuſes & enrouées, or çà, or çà, or çà! (à boire, à boire çà, diſoit Panurge entre ſes dents.) »

L'interjection *or çà*, dans la bouche de Grippeminaud, s'étend au-delà de sa signification ordinaire, & veut dire qu'il faut que Panurge lui donne bien vîte de l'or. Toutes ses phrases commencent par or çà, & le cours de chacune en est encore plusieurs fois interrompue; en retranchant plus de la moitié de ces interjections & interruptions, je crois ne rien ôter à ce qu'elles ont de plaisant & de pittoresque.

Grippeminaud donne une énigme en vers à deviner à Panurge, qui proteste n'y rien entendre. « Or çà, dit Grippeminaud, par le Styx, puisqu'autre chose ne veux dire, je te montrerai, or cà, que meilleur te seroit être tombé entre les pattes de Lucifer & de tous les diables qu'entre nos griffes, or çà : les vois-tu bien ? Or çà, malautru nous allegues-tu innocence comme chose digne d'échapper à nos tortures? Or çà, nos loix sont comme toiles d'araignées ; or çà, les simples moucherons & petits papillons y sont pris ; or çà, les gros taons mal-faisans les rompent & passent à travers, or çà. Semblablement nous ne cherchons les gros larrons & tyrans ; ils sont de trop dure digestion, & nous affoleroient, or çà. Vous autres gentils innocens, or çà, y serez bien innocentés (1) : le grand diable vous y chantera messe, or çà.

(1) Allusion à ce qui se pratiquoit alors en France, le

» Frere Jean, impatient de ce qu'avoit déduit Grippeminaud, dit : ho ! monſieur le diable engripponné, comment veux-tu qu'il réponde d'un cas qu'il ignore ? Ne te contentes-tu de vérité ? Or çà, dit Grippeminaud, encore n'étoit de mon regne advenu qu'ici perſonne, ſans premier être interrogé parlât, or çà. Qui nous a délié ce fou enragé-ci ? Or çà, quand feras en rang de répondre tu auras prou (1) affaire ; or ça, maraud, penſes-tu être en la forêt de l'académie, avec les otieux (2) veneurs & inquiſiteurs de vérité ? Or çà, nous avons bien ici autre choſe à faire. Or çà, ici on répond, je dis catégoriquement, de ce que l'on ignore. Or çà, on confeſſe avoir fait ce qu'on ne fit oncques. Or çà, on proteſte ſavoir ce que jamais on n'apprit. Or çà, on fait prendre patience en enrageant. Or çà, or çà, on plume l'oie ſans la faire crier. Or çà, tu parles ſans procuration, je le vois bien : tes fortes fievres quartaines, qui te puiſſent épouſer, or çà. Diables, s'écria frere Jean, archidiables, protodiables, pantodiables, tu veux donc marier les moines ! Je te prends pour un hérétique.

---

jour des Innocens. On tâchoit de ſurprendre au lit les jeunes perſonnes ; on les tourmentoit, on leur donnoit des claques, &c. Cela s'appelloit *innocenter.*

(1) Beaucoup.

(2) Oiſifs.

» Grippeminaud faiſant ſemblant de ne pas entendre ces propos, s'adreſſe à Panurge, diſant : or çà, or çà, or çà, & toi Guoguelu, ne veux-tu rien dire? Panurge répondit : or de par le diable là, je vois clairement que la peſte eſt ici pour nous, vu qu'innocence n'y eſt point en ſûreté, & que le diable y chante meſſe. Je vous prie que pour tous je la paye, & nous laiſſez aller : je n'en puis plus. — Aller! dit Grippeminaud, or çà, encore n'advint depuis trois cents ans en çà que perſonne échappât de céans, ſans y laiſſer du poil, ou de la peau pour le plus ſouvent, or çà. Car quoi? Ce ſeroit à dire que par-devant nous ici tu ſerois injuſtement venu, & de par nous injuſtement traité, or çà. Malheureux es-tu bien; mais encore plus le ſeras ſi tu ne réponds à l'énigme propoſée. Or çà, que veut-il dire? Or çà, or çà. C'eſt or, de par le diable-là, répondit Panurge. »

Et c'étoit en effet le mot de l'énigme, dont il explique enſuite toutes les parties. Puis il jette au milieu du parquet une groſſe bourſe de cuir, pleine d'écus au ſoleil ». Au ſon de la bourſe, commencerent tous les chats-fourrés à jouer des griffes; & tous s'écrierent à haute voix, diſant : ce ſont les épices : le procès fut bien bon, bien friand & bien épicé : ils ſont gens de bien. C'eſt or, reprit Panurge, je dis écus au ſoleil. La Cour, dit Grippeminaud, l'entend, or bien, or bien.

Allez,

Allez, enfans, & paſſez outre, or bien; nous ne ſommes tant diables que ſommes noirs ».

Vous croyez peut-être que tout eſt dit ſur la corruption des juges & la vénalité de la Cour ? Détrompez-vous, & liſez le chapitre ſuivant. En donnant le dernier coup aux chats-fourrés du parlement, il trouve auſſi ſur ſon chemin la nobleſſe levraudiere, ou comme on dit vulgairement, fouette-lievre. Ces coups de pinceau ſeront toujours vrais, quoiqu'il n'y ait plus ni parlement ni nobleſſe.

CHAPITRE X.

Comment la Grand'chambre vivoit de corruption ; où l'on voit par occasion ce que les bons gentilshommes faisoient pendant leur vie, & ce qu'ils devenoient après leur mort.

SORTANS du Guichet, fûmes conduits jusques au port par certains griffons de montagne (1). Avant d'entrer en nos navires, fûmes par iceux avertis que n'eussions à prendre chemin sans avoir fait présens seigneuriaux tant à la dame Grippeminaude qu'à toutes les chattes-fourrées ; autrement avoient commission de nous ramener au Guichet. Bran, répondit frere Jean, nous visiterons le fonds de nos deniers, & donnerons à tous contentement.

« Lors il apperçut soixante-huit galeres & frégates arrivant au port : là soudain courut demander des nouvelles, ensemble de quelles marchandises étoient les vaisseaux chargés : il vit que tous l'étoient de venaison, levrauts, chap-

(1) Les greffiers.

pons, colombes, cochons, chevreaux, veaux; poulles, canards, alebrans, oisons & autres sortes de gibier : il apperçut aussi parmi, quelques pieces de velours, de satin & de damas. Adoncques interrogea les voyageurs où & à qui ils portoient ces friands morceaux. Ils répondirent que c'étoit à Grippeminaud, aux chats-fourrés, & chattes-fourrées.

» Comment, dit frère Jean, appellez-vous ces drogues-là? corruption, répondoient les voyageurs. Ils vivent donc de corruption, dit frere Jean? par la vertu de Dieu, c'est cela : leurs peres mangerent les bons gentilshommes, qui, par raison de leur état, s'exerçoient à la volerie & à la chasse, pour être en tems de guerre plus escors, & jà endurcis au travail. Les ames d'iceux, selon l'opinion de Grippeminaud, apres leur mort entrent en sangliers, cerfs, chevreaux, hérons, perdrix & autres tels animaux; lesquels ils avoient, pendant leur premiere vie durante, toujours aimés & cherchés. Or, ces chats-fourrés, après avoir détruit & dévoré leurs châteaux, terres, domaines, possessions, rentes & revenus, encore leur cherchent-ils le sang & l'ame en l'autre vie.

« Voire mais, dit Panurge aux voyageurs, on a fait crier de par le grand roi, que personne n'eût, sous peine de la hart, à prendre cerfs ni biches, ſangliers ni chevreaux. Il eſt vrai, répondit un pour tous : mais le grand roi eſt tant bon, & tant benin, ces chats-fourrés ſont tant enragés & affamés de ſang chrétien, que moins de peur nous avons, offenſant le grand roi, que d'eſpoir, entretenant ces chats-fourrés par telles corruptions. Mêmement que demain le Grippeminaud marie une ſienne chatte-fourrée avec un gros mitouard chat bien fourré. Au tems paſſé on les appelloit mâche-foins; mais las! ils n'en mâchent plus. De préſent nous les nommons mâche-levreaux, mâche-perdrix, mâche-bécaſſes, mâche-faiſans, mâche-poulles, mâche-cochons; d'autres viandes ne ſont alimentés. Bran, bran, dit frere Jean, l'année prochaine on les nommera mâche.......... » La politeſſe de notre ſiecle ne me permet pas de tranſcrire cette plaiſanterie prophétique.

CHAPITRE XI.

Des bas-officiers de justice, & de leur maniere de vivre aux dépens des nobles.

CES pauvres gentilshommes, ainsi mangés par les juges, tant dans leur premiere nature, qui étoit de chasser le gibier, que dans leur seconde, qui étoit d'être gibier eux-mêmes, n'avoient pas meilleur marché des sergens, des huissiers & autres bas-officiers de justice. Ils ne pouvoient même se donner impunément la consolation de les rosser un peu fort, ou de les jetter par la fenêtre, sans qu'il leur en mésadvint; ce qui les privoit d'un grand plaisir, & d'un moyen de répondre aux formalités judiciaires, tout à fait conforme à leur esprit & à leurs goûts. Mais tous n'avoient pas la patience de s'imposer cette privation; & c'étoit même sur les horions qu'ils en pouvoient recevoir, que les huissiers & les sergens, que Rabelais appelle Chicanous, fondoient une partie de leur cuisine.

» Dans l'isle de Procuration, dit-il, le peuple gagnoit sa vie en façon bien étrange, & en plein diametre contraire aux habitans de Rome.

A Rome, gens infinis gagnent leur vie à empoisonner, à battre & à tuer. Les Chicanous la gagnent à être battus. De mode (1) que si par long-tems ils demeuroient sans être battus, ils mourroient de male fin, eux, leurs femmes & enfans. La maniere est telle: quand un moine, prêtre, usurier ou avocat veut mal à quelque gentilhomme de son pays, il envoie vers lui un de ces Chicanous. Chicanous le citera, l'ajournera, l'outragera, l'injuriera impudemment, suivant son record & instruction; tant que le gentilhomme, s'il n'est paralytique de sens, & stupide, sera contraint de lui donner bastonnades & coups d'épée sur la tête, ou mieux le jetter par les créneaux & fenêtres de son château.

» Cela fait, voilà Chicanous riche pour quatre mois, comme si coups de bâton fussent ses naïves moissons; car il aura du moine, de l'usurier ou avocat salaire bien bon, & réparation du gentilhomme, aucunes fois si grande & excessive, que le gentilhomme y perdra tout son avoir, avec danger de misérablement pourir en prison, comme s'il eût frappé le roi. »

Un motif que je présente à messieurs les ci-devant nobles, pour se consoler de ne l'être plus, c'est qu'ils n'auroient plus aujourd'hui personne

(1) De maniere.

à battre, & que le dernier citoyen feroit aussi inviolable pour eux que l'étoit alors un sergent. Ce n'est plus la peine d'être gentilhomme.

CHAPITRE XII.

De la Chambre des Comptes.

VOICI encore une cour souveraine accommodée de main d'ami. Pour faire vérifier les comptes du trésor royal, des trésoriers & des comptables de toute espece, il avoit bien fallu établir un tribunal suprême, donner à ses membres des privileges, alors très-honorables & des fonctions très-lucratives. Bonne partie des sommes dont on comptoit restoit souvent pour frais de l'examen du compte & des longs procès qui suivoient quelquefois cet examen. L'imagination fertile de Rabelais changea facilement ce tribunal en pressoir, & les affaires qu'on y portoit, en grappes, qui n'en ressortoient que pressurées & sucées *à profit de ménage.*

Echappés avec peine à l'isle maudite *de Condemnation*, les voyageurs en apperçoivent une autre dans laquelle ils sont introduits par un homme bizarrement accoutré (qui représente un procureur de la chambre), & qui s'appelle Gagne-beaucoup. Ils apprennent de lui que cette isle est celle des apédeftes, c'est-à-dire, des non-lettrés. Je vous prie, beau sire, dit Panurge, menez-nous à ces non-lettrés; car nous venons du pays des savans, où je n'ai gueres gagné. Ainsi devisant, ils arriverent en l'isle.

« Pantagruel fut en grande admiration de la structure, de la demeure & habitation des gens du pays; car ils demeurent en un grand pressoir, auquel on monte près de cinquante degrés; & avant que d'entrer au maître pressoir (car il y en a de petits, grands, secrets, moyens, & de toutes sortes), vous passez par un grand péristile, où vous voyez en paysage les ruines presque de tout le monde, tant de potences, de grands larrons, tant de gibets, de questions, que cela nous fit peur. »

Leur guide les mene d'abord à un petit pressoir, qui est la buvette, où ils font trés-bonne chere, & d'où ils montent au grand pressoir. « Quand nous y fûmes, nous avisâmes vingt ou vingt-cinq gros pendards à l'entour d'un grand bureau tout habillé de verd, qui s'entre-regardoient, ayant les mains longues comme jambes de grues, & les ongles de deux pieds pour le moins, car il leur est défendu de les rogner jamais; de sorte qu'elles leur deviennent croches comme crampons & crocs de bateliers.

» Sur l'heure fut amenée une grosse grappe de vignes qu'on vendange en ce pays-là, du plant de l'extraordinaire, qui souvent pend à l'échalas (1). Sitôt que la grappe fut là, ils la mirent au pressoir, & il n'y eut grain dont chacun ne pressurât de l'huile d'or, tant que la pauvre grappe fut rapportée si seche & épluchée, qu'il n'y avoit plus jus ni liqueur du monde. Or nous contoit Gagne-beaucoup qu'ils n'ont pas souvent ces grosses-là, mais qu'ils en ont toujours d'autres sur le pressoir.

Mais, mon compere, dit Panurge, en ont-ils de beaucoup de plants? Oui, dit Gagne-beaucoup. Voyez-vous bien là cette petite qu'on s'en va remettre au pressoir? c'est celle du plant des décimes: ils en tirerent déja l'autre jour jusques au pressurage, mais l'huile sentoit le coffre au prêtre (2), & messieurs n'y trouverent pas grand chose. Pourquoi donc, dit Pantagruel, la remettent-ils au pressoir? Pour voir, dit Gagne-beaucoup, s'il n'y a point quelque omission de jus ou recette dans le marc. Eh! dit frere Jean,

(1) Provenant de la confiscation des biens de ceux qui sont condamnés à être pendus pour malversations dans l'extraordinaire des guerres. *Note du commentateur.*

(2) Coffre toujours fermé, ou que l'on ouvre le moins qu'on peut. *Idem.*

appellez-vous ces gens-là ignorans & non-lettrés? Comment, diable! ils tireroient de l'huile d'un mur. Aussi sont-ils, dit Gagne-beaucoup ; car souvent ils mettent au pressoir des châteaux, des parcs, des forêts, & de tout en tirent l'or potable. Vous voulez dire portable, dit Epistemon? Je dis potable, dit Gagne-beaucoup, car l'on en boit céans maintes bouteilles. Il y en a tant de plants que l'on n'en sait le nombre.

» Passez jusques ici, & voyez dans ce courtil; en voilà plus de mille qui n'attendent que l'heure d'être pressurés; en voilà du plant général; voilà du particulier, des fortifications, des emprunts, des dons, des casuels, des domaines, des menus-plaisirs, des postes, des offrandes, de la maison. Et qui est cette grosse-là, à qui toutes ces petites sont à l'environ? C'est, dit Gagne-beaucoup, de l'épargne (1), qui est le meilleur plant de tout le pays. Quand on en pressure de ce plant, six mois après il n'y a pas un de messieurs qui ne s'en sente.

» Quand ces messieurs furent levés, Pantagruel pria Gagne-beaucoup qu'il nous menât en ce grand pressoir, ce qu'il fit volontiers. Sitôt

(1) On nommoit alors ainsi le trésor royal, sans doute par antiphrase.

que nous fûmes entrés, Epiſtemon, qui entendoit toutes les langues, commença à montrer à Pantagruel les deviſes du preſſoir, qui étoit grand & beau, fait, à ce que nous dit Gagne-beaucoup, du bois de la croix (1); car ſur chaque uſtenſile étoient écrits les noms de chaque choſe en langue du pays. La vis du preſſoir s'appelloit recette; la met, dépenſe; l'écrou, état; le teſſon, deniers comptés & non-reçus; les fûts, ſouffrance; les beliers, *radietur*; les jumelles *recuperetur* (2); les cuves, plus-valeur; les anſées, roles; les fouloirs, acquits; les hottes, validation; les portoirs, ordonnance valable; les ſeilles, le pouvoir; l'entonnoir, le quittus. Mais pourquoi, dit Panurge, appelle-t-on ces gens-ci ignorans? Parce que, dit Gagne-beaucoup, ils ne ſont & ne doivent nullement être clercs, & que céans, par leur ordonnance, tout ſe doit manier par ignorance, & n'y doit avoir raiſon, ſinon que meſſieurs l'ont dit, meſſieurs le veulent, meſſieurs l'ont ordonné.

---

(1) Des biens de ceux qui avoient été pendus.

(3) Le *radietur* condamnoit un article de compte à être rayé, le *recuperetur* ordonnoit le recouvrement d'un don que le roi auroit fait d'une ſomme exceſſive ſans cauſe légitime, ni examinée par la chambre. Les derniers regiſtres de cette cour doivent porter beaucoup de *recuperetur*.

» De là pour nous mener par mille petits pressoirs, en sortant nous avisâmes un autre petit bureau à l'entour duquel étoient quatre ou cinq de ces ignorans, crasseux & coleres comme ânes à qui on attache une fusée aux fesses, qui, sur un petit pressoir, qu'ils avoient là, repassoient encore le marc des grappes après les autres. On les appelloit, en langage du pays, correcteurs. Ce sont les plus rébarbatifs vilains à les voir que j'aie jamais apperçus. (1)

» De là nous passâmes par infinis petits pressoirs, tous pleins de vendangeurs qui épluchent les grains avec des ferremens qu'ils appellent articles de compte; & finalement arrivâmes en une basse salle, où nous vîmes un grand dogue à deux têtes de chien, ventre de loup, griffé comme un diable, qui étoit là nourri de lait d'amende, & étoit ainsi délicatement traité par l'ordonnance de messieurs, parce qu'il n'y en avoit aucun à qui il ne valût bien la rente d'une bonne métairie; & s'appelloit Duple. Sa mere étoit auprès, qui étoit de pareil poil & forme, hors-mis qu'elle avoit quatre têtes, deux mâles & deux femelles, & elle avoit nom Quadruple; laquelle étoit la plus furieuse bête de céans, & la plus dangereuse après sa grand'mere, que

(1) J'en ai connu d'assez ressemblans à ce portrait.

nous vîmes enfermée en un cachot, qu'ils appelloient Omiſſion de recette.

» En ſortant par la porte de derriere, nous rencontrâmes un vieil homme enchaîné, demi-ignorant & demi-ſavant, qui étoit de lunettes caparaſſonné, comme une tortue d'écailles, & ne vivoit que d'une viande qu'ils appellent en leur patois appellations. Le voyant, Pantagruel demanda à Gagne beaucoup de quel rang étoit ce protonotaire, & comment il s'appelloit. Gagne-beaucoup nous conta comme de tous tems il étoit céans, à grand regret & déplaiſir, de meſſieurs enchaîné, qui le faiſoient mourir de faim, & s'appelloit Reviſit. Pardieu, il m'eſt avis, ami Panurge, dit frere Jean, ſi tu y regardes bien, qu'il a le minois de Grippeminaud. Ceux-ci, tout ignorans qu'ils ſont, en ſavent autant que les autres. Je le renverrois bien d'où il étoit venu, à grands coups d'Anguillade. Par mes lunettes, dit Panurge, frere Jean mon ami, tu as raiſon; car à voir la trogne de ce faux vilain Reviſit, il eſt encore plus ignorant & méchant que ces pauvres ignorans-ci, qui grappent au moins mal qu'ils peuvent, ſans longs procès, & qui en trois petits mots, vendangent le clos, ſans tant d'interlocutoires ni décrétoires, &c. »

Mais c'eſt aſſez nous occuper de choſes temporelles ſur les rois, les conquérans, ſur les parlemens & les cours ; on voit aſſez que Rabelais ne ſe faiſoit pas illuſion, & qu'en paroiſſant les couvrir d'une enveloppe allégorique, il les dépouilloit au contraire de l'enveloppe myſtérieuſe dont les couvroit l'ignorance populaire, & devançoit l'époque où tout cela ſeroit réduit à ſa juſte valeur. Il eſt tems de paſſer aux choſes ſpirituelles & de voir ſous quelles couleurs il peignit des objets qui étoient alors, & ont été long-tems depuis d'une haute importance, mais dont nos ſages ont fait juſtice, & qui ſont enfin mis à leur place.

Fin de la premiere partie.

DE L'AUTORITÉ DE RABELAIS DANS LA RÉVOLUTION PRÉSENTE, &c. &c.

SECONDE PARTIE.

CHAPITRE PREMIER.

Des moines & ordres religieux.

Ce sera maintenant une histoire piquante à faire que celle du monachisme. Ni la satyre, ni la comédie ne sont l'histoire; mais elles peuvent y suppléer lorsqu'elles peignent fidellement les mœurs. Il seroit long de mettre ici tout ce que Rabelais dit des moines & de l'esprit monacal. Ce sera bien aſſez des principaux traits de caractere, pour nous élever plus promptement à de plus grands objets, & prendre avec lui le clergé *à capite ad calcem.*

On ne peut mieux commencer que par le portrait qu'il trace de frere Jean des Entommures, véritable archetype des moines de ſon tems, dont il faut avouer que la perfection s'étoit un peu altérée dans le nôtre. Il n'avoit point, dit-on, fait ce portrait de fantaiſie, mais d'après un certain prieur alors vivant, & bon vivant. (1).

« En l'abbaye de Sévillé étoit pour lors un moine clauſtrier (2), jeune, galant, bien à dextre (3), hardi, aventureux, délibéré, haut, maigre, bien fendu de gueule, bien avantagé en nez, beau dépêcheur d'heures, beau débrideur de meſſes, beau décroteur de vigiles, pour tout dire ſommairement, vrai moine, ſi oncques en fut depuis que le monde moinant moina de moinerie ; au reſte, clerc juſques aux dents en matiere de bréviaire. »

Ayant appris que les ſoldats de Picrochole

(1) C'eſt Ménage qui a fait cette découverte. Ce moine eſt, ſelon lui, un certain Buinard, prieur de Sermaiſe en Anjou.

(2) Ayant toutes les inclinations du cloître.

(3) Adroit.

pilloient

pilloient & vendangeoient le clos de la vigne de l'abbaye (1), où étoit l'espérance de toute l'année, frere Jean vient chercher ses confreres, qu'il trouve occupés à chanter : *im, im, pe, e, e, e, e, tum, um, in, i, i, mi, co, o, o, o, o, o, rum, um* (2). » Vertudieu, dit-il, que ne chantez-vous : adieu paniers, vendanges sont faites ? Je me donne au diable s'ils ne sont en notre clos, & tant bien coupent & seps & raisins qu'il n'y aura, par le cordieu, de quatre années de quoi grapiller dedans. Ventre-saint-Jacques ! que boirons-nous cependant, nous autres pauvres diables ? Seigneur Dieu ! *da mihi potum*.

» Lors dit le prieur claustral : que fera cet ivrogne-ci ? Qu'on me le mene en prison ! Troubler ainsi le service divin ! — Mais, dit le moine, le service du vin, faisons tant qu'il ne soit troublé ; car vous-même, monsieur le prieur, aimez boire du meilleur : ainsi fait tout homme de bien. Jamais homme noble ne hait le bon vin ; c'est un apophtegme monacal...... Ventredieu ! les biens de l'église ! ah ! non, non. Diable ! S. Thomas

(1) Voyez premiere partie, chapitre V.

(2) *Impetum inimicorum*. Il se moque ici & du plain-chant, qui souvent défigure & disloque les paroles, & du flegme de ces moines, qui croyoient écarter le danger en traînant ainsi cette priere.

l'anglois voulut bien pour iceux mourir (1) : si j'y mourois, ne serois-je saint de même? Je n'y mourrai pas pourtant; car c'est moi qui le fais aux autres. »

Ventredieu! les biens de l'église! c'est ce qu'ont tant répété nos prêtres, en chœur avec ce brave moine. Peut-être ne pensoient-ils pas comme lui à prendre Thomas Becquet pour modele; mais, sans se rappeller ce trait d'histoire, on voyoit en eux une grande ferveur pour le martyre, c'est-à-dire, dans chacun d'eux un grand desir du martyre de son voisin : les pauvres gens n'ont pu seulement obtenir le meurtre du plus chétif habitué de paroisse. Ils sont parvenus à faire verser du sang; mais ce n'étoit pas du leur, ce qui,

---

(1) Ce Thomas Becquet fut archevêque de Cantorberi, sous le regne de Henri II, roi d'Angleterre, au douzieme siecle. Henri avoit voulu donner quelques atteintes aux immunités ecclésiastiques, dans son royaume; Thomas, appuyé de la cour de Rome, avoit fait échouer le dessein du roi. Peu de tems après, l'archévêque fut trouvé mort : on soupçonna Henri de l'avoir fait assassiner. Le pape excommunia le roi d'Angleterre; l'excommunication subsista jusqu'à ce que ce foible prince eût souffert d'être fouetté par tout un chapitre de moines autour du tombeau de Thomas Becquet, qui fut canonisé comme martyr des libertés de l'église.

dans leur espérance, en eût fait verser bien davantage.

> Pour soutenir tes droits, que le ciel autorise,
> Abîme tout plutôt, c'est l'esprit de l'église :
> C'est par là qu'un prélat signale sa vigueur :

C'est le conseil du vieux Sidrac, dans le Lutrin. *L'esprit de l'église* est toujours le même, mais non pas son pouvoir. Nos prélats sont moins vigoureux que ceux du bon tems. Ils n'ont pu rien abîmer, & sont abîmés eux-mêmes.

Ce n'est pas là ce qu'espéroit le frere Jean des Entommures, de l'assemblée nationale, lorsqu'à Versailles, après la nuit du 4 août, il disoit si chrétiennement : avant qu'on en pût faire autant au clergé qu'on vient d'en faire à la noblesse, on verroit la banqueroute & la guerre civile. Ni guerre civile, ni banqueroute, mon cher abbé, quoiqu'on vous ait encore plus maltraités que les nobles. Les têtes de l'hydre, les griffes du tigre, les serres du vautour sont coupées, grace au progrès des lumieres, grace aussi peut-être à vos fureurs & à votre éloquence.

Mais revenons au frere Jean de Rabelais. Il ne perd point son tems en beaux discours académiques ; il s'arme du bâton de la croix, fond sur les ennemis, les assomme, les renverse, & plus heureux que nos prélats & nos prieurs dépossédés, les fait *égorgeter* par ses freres.

F 2

Gargantua, instruit de cet exploit, le fait venir, l'embrasse & le fait asseoir à table auprès de lui. Gymnaste lui propose d'ôter son froc. « Mon ami, dit le moine, laisse-le moi; car, pardieu je n'en bois que mieux. Si je le quitte, je n'aurai nul appétit; mais si en cet habit je m'assieds à table, je boirai pardieu & à toi & à ton cheval......... Que Dieu est bon, qui nous donne ce bon vin! J'avoue Dieu! si j'eusse été au tems de Jésus-Christ, j'eusse bien empêché que les juifs ne le prissent au jardin des oliviers. Ensemble le diable me faille, si j'eusse failli de couper les jarrêts à messieurs les apôtres, qui fuirent tant lâchement après qu'ils eurent bien soupé, & laisserent leur bon maitre au besoin.

En parlant d'un moine de ses amis, c'est un bon compagnon, dit-il: « mais quelle mouche l'a piqué? Il ne fait rien qu'étudier depuis je ne sais quand. Je n'étudie point de ma part. En notre abbaye, nous n'étudions jamais, de peur des oreillons (1). Notre fou d'abbé disoit que c'est chose monstrueuse voir un moine savant. Pardieu, monsieur mon ami, *magis magnos clericos non sunt magis magnos sapientes* (2).

(1) Maux d'oreille.

(2) C'est cet adage macaronique que notre Regnier a si exactement rendu dans ce vers :

Ma foi, les plus grands clercs ne sont pas les plus fins.

» Foi de chrétien, dit Eudemon, j'entre en grande rêverie, confidérant l'honnêteté de ce moine; car il nous ébaudit ici tous (1). Et comment donc eſt-ce qu'on chaſſe les moines de toutes bonnes compagnies, les appellant trouble-fêtes, comme abeilles chaſſent les frêlons d'autour de leurs ruches?

» Si vous entendez, repondit Gargantua, pourquoi un ſinge en une famille eſt toujours moqué & harcelé, vous entendrez pourquoi les moines ſont de tous refuis, & des vieux & des jeunes. Le ſinge ne garde point la maiſon comme un chien; il ne tire pas l'arroy (2) comme le bœuf; il ne produit ni lait ni laine comme la brebis; il ne porte pas le faix comme le cheval. Ce qu'il fait, eſt tout ſalir & dégâter, qui eſt la cauſe pourquoi de tous reçoit moqueries & bâtonnades. Semblablement un moine ne laboure comme le payſan; ne garde le pays comme l'homme de guerre; ne guérit les maladies comme le médecin; ne porte les commodités & choſes néceſſaires comme le marchand. C'eſt la cauſe pourquoi de tous eſt hué & abhorré.

» Voire mais, dit Grand-Gouſier, ils prient Dieu pour nous. Rien moins, répondit Gargan-

(1) Nous étonne.
(2) La charrue.

tua. Vrai eſt qu'ils moleſtent tout leur voiſinage à force de trinqueballer leurs cloches. (Voire, dit le moine, une meſſe, une matine, une vêpre bien ſonnées, ſont à demi-dites.) Ils marmortent grand renfort de légendes & pſeaumes, nullement par eux entendus. Ils comptent force patnôtres entrelardées de longs *ave maria*, ſans y penſer n'y entendre; & ce je l'appelle moque-dieu, non oraiſon; mais ainſi leur aide-diéu, s'ils prient pour nous, & non de peur de perdre leurs miches & ſouppes graſſes. »

Le ſouper achevé, on ſe coucha, pour repoſer un peu & pour être plus frais le lendemain contre les ennemis. « Mais Gargantua ne pouvoit dormir, en quelque façon qu'il ſe mît. Dont lui dit le moine : je ne dors jamais à mon aiſe, ſinon quand je ſuis au ſermon, ou quand je prie Dieu. Je vous ſupplie, commençons vous & moi les ſept pſeaumes, pour voir ſi tantôt ne ſerez endormi. L'invention plut très-bien à Gargantua, & commençant les premiers pſeaumes, ſur le point de *beati quorum* s'endormirent & l'un & l'autre.

» Mais le moine ne faillit à s'éveiller avant minuit, tant il étoit habitué à l'heure des matines. Il les réveilla tous en chantant & leur dit : meſſieurs on dit que matines commencent par touſſer, & ſouper par boire. Faiſons à rebours. Commençons maintenant nos matines par boire, & ce ſoir à l'entrée de ſouper nous touſſerons à qui mieux mieux. Dont dit Gargantua : boire ſi tôt après le dormir ! ce n'eſt vivre en diete de médecine. C'eſt, dit le moine, bien médiciné. Cent diables me ſautent au corps, s'il n'y a plus de vieux ivrognes qu'il n'y a de vieux médecins. J'ai compoſé avec mon appétit, à telle condition que toujours il ſe couche avec moi, auſſi avec moi il ſe leve. Faites comme il vous plaira ; moi je m'en vais après mon tiroir. Quel tiroir, dit Gargantua, entendez-vous ? Mon bréviaire, dit le moine : car tout ainſi que les fauconniers, avant de paître leurs oiſeaux, les font *tirer* quelque pied de poule, pour leur purger le cerveau de flegmes, & pour les mettre en appétit ; ainſi prenant ce joyeux petit bréviaire au matin, je m'écure tout le poumon, & me voilà prêt à boire.... Jamais je ne m'aſſujettis aux heures. Les heures ſont faites pour l'homme, & non l'homme pour les heures. C'eſt pourquoi je fais des miennes comme d'étriers : je les accourcis ou alonge quand bon me ſemble. »

On marche à l'ennemi. Dans toute la guerre, frere Jean ſe comporte en héros. Il eſt ſurpris & pris, mais il tue ſes gardes, il s'échappe, & revient trouver le roi, à qui il amene des priſonniers, & cinq pauvres pélerins qu'il avoit délivrés des mains des ſoldats de Picrochole. Il les interroge ſur les moines de leur pays, & leur demande ſur-tout quelle chere font ces moines. « Le cordieu ! Ajoute-t-il , ils biſcotent vos femmes , pendant qu'êtes en pélerinage. Hein , hein , dit Las-d'aller , je n'ai pas peur de la mienne ; car qui la verra de jour ne ſe rompra le cou pour l'aller viſiter la nuit. C'eſt, dit le moine , bien rentré de picques. Elle pourroit être auſſi laide que Proſerpine , elle aura pardieu la ſaccade , puiſqu'il y a moines autour ; car un bon ouvrier met indifféremment toutes pieces en œuvre. Que je meure de ſoif en cas que ne les trouviez groſſes à votre retour : car ſeulement l'ombre du clocher d'une abbaye eſt féconde. »

Grace pour la franchiſe de l'expreſſion , en faveur de l'originalité de la penſée , & du fond de vérité qu'on apperçoit à travers cette exagération plaiſante !

CHAPITRE II.

Des ordres mendians.

Ce n'eſt point ſous ces joyeuſes couleurs que Rabelais peint les cinq ordres, que l'on appelle mendians, parce qu'en effet ils faiſoient vœu & profeſſion de mendicité, c'eſt-à-dire, de ce qui eſt la honte & le fléau des ſociétés civiles, & qu'ils ne s'enrichiſſoient que du métier & aux dépens des pauvres. Mais il étoit trop bon plaiſant pour leur dire des injures directes; le tour qu'il prend eſt d'autant plus comique, qu'il a l'air plus ſimple; que ces injures ne conſiſtent en apparence qu'en erreur de mots, & que cette erreur naïve devient doublement plaiſante par la bonne foi poltronne & ſuperſtitieuſe de celui qui la commet, & par la prud'hommie de celui qui la rend plus injurieuſe encore en voulant la redreſſer. Voici le fait.

Panurge veut ſe marier, mais il eſt inquiet de ce qui lui adviendra en mariage; il conſulte Pantagruel; il conſulte le ſort des vers d'Homere & de Virgile; il conſulte le ſort des dez, celui des ſonges, & même une ſibylle: il eſt auſſi incertain qu'auparavant. Pantagruel lui conſeille de s'adresser à un vieux poëte, prêt à mourir. « Les cignes, lui dit-il, qui sont oiseaux sacrés à Apollon, ne chantent jamais, sinon quand ils approchent de leur mort, de mode (1) que chant de cigne est présage certain de sa mort prochaine, & ne meurt que préalablement n'ait chanté. Semblablement les poëtes, qui sont protégés d'Apollon, approchant de leur mort, ordinairement deviennent prophètes ; & chantent par Apolline inspiration, vaticinant (2) des choses futures.... Nous avons ici près un homme & vieux poëte, c'est Raminagrobis ; j'ai entendu qu'il est en l'article & dernier moment de son décès : transportez-vous vers lui, & oyez son chant ; peut-être que par lui Apollon dissoudra votre doute. »

Panurge y consent ; ils se mettent en route ; « & arrivant au logis poëtique, trouverent le bon vieillard en agonie, avec maintien joyeux, face ouverte & regard lumineux. Interrogé par Panurge, il demande encre, plume & papier : il lui donne pour réponse le rondeau : *prenez-là ne la prenez pas*, qui le laisse plus incertain que jamais. Apres lui avoir mis en main ce rondeau, il ne veut plus rien entendre.

(1) De maniere.

(2) Prédisant.

» J'ai, ce jourd'hui, dit-il, hors ma maiſon, à grande fatigue & difficulté, chaſſé un tas de vilaines, immondes, & peſtilentes bêtes, noires, guarres (1), fauves, blanches, cendrées, leſquelles ne me vouloient laiſſer à mon aiſe mourir, & par fraudulentes peintures, importunités fréloniques, toutes forgées en l'officine de je ne ſais quelle inſatiabilité, m'évoquoient du doux penſement auquel j'acquieſçois, contemplant, voyant & jà touchant & goûtant le bien & félicité que le bon Dieu a préparé à ſes fideles élus en l'autre vie, & état d'immortalité. Déclinez de leur voie, ne ſoyez à eux ſemblable; plus ne me moleſtez; & me laiſſez en ſilence, je vous ſupplie.

» Panurge, ſortant de ſa chambre, tout effrayé, dit : par la vertudieu ! Je crois qu'il eſt hérétique, ou je me donne au diable : il médit des bons peres mendians, cordeliers & jacobins, qui ſont les deux hémiſpheres de la chrétienté. Mais que diable lui ont fait les pauvres diables de capucins & minimes ? Ne ſont-ils aſſez malheureux, aſſez enfumés & parfumés de miſere & calamité, les pauvres haires ? Il péche vilainement : il blaſphême contre la religion : j'en ſuis fort ſcandaliſé. Je, dit frere Jean, ne m'en

(1) Bigarré, noir & blanc.

ſoucie d'un bouton. Ils médiſent de tout le monde : ſi tout le monde médit d'eux, je n'y prends nul intérêt.

» Mais, dit Panurge, quel diable poſſede ce maître Raminagrobis, qui ainſi, ſans propos, ſans raiſon, ſans occaſion, médit des pauvres béats peres jacobins, mineurs & minimes ? J'en ſuis grandement ſcandaliſé. Je ne vous entends point, répondit Epiſtemon ; & me ſcandaliſez-vous même grandement, interprétant perverſement des freres mendians ce que le bon poëte diſoit des bêtes noires, fauves & autres. Il ne l'entend, ſelon mon jugement, en telle ſophiſtique & phantaſtique allégorie. Il parle abſolument & proprement des puces, punaiſes, cirons, mouches & autres telles bêtes, leſquelles ſont unes noires, autres fauves, autres cendrées, autres tannées & baſanées, toutes importunes, tyranniques & moleſtes, non aux malades ſeulement, mais auſſi à gens ſains & vigoureux. Vous faites mal, autrement expoſant ſes paroles.

» Retournons, dit Panurge l'admoneſter de ſon ſalut. Nous l'induirons à contrition de ſon péché, à requérir pardon aux tant béats peres abſens comme préſens, & en prendrons acte, afin qu'après ſon trépas ils ne le déclarent hérétique & damné ; & à leur ſatisfaire de l'outrage, ordonnant par tous les couvens de cette province, aux bons peres religieux force bribes, force messes, force obits & anniversaires, & qu'au jour de son trépas sempiternellement, ils aient tous quintuple pitance.

Ho ho ! Je m'abuse & m'égare en mes discours : le diable m'emporte si j'y vais. Vertudieu ! La chambre est déjà pleine de diables. Je n'y vais pas. Qui sait s'ils useroient de quiproquo, & au lieu de Ranimagrobis gripperoient Panurge ?.... Je gage que par même crainte à son enterrement n'assistera jacobin, cordelier, carme, capucin ni minime ; & eux sages. Aussi bien ne leur a-t-il rien donné par testament. Le diable m'emporte si j'y vais !

» S'il est damné, à son dam (1) : pourquoi médisoit-il des bons peres de religion ? Pourquoi les avoit-il chassés hors sa chambre sur l'heure qu'il avoit plus besoin de leur aide, de leurs dévotes prieres, de leurs saintes admonitions ? Pourquoi par testament ne leur ordonnoit-il au moins quelques bribes, aux pauvres gens qui n'ont que leur vie en ce monde ? Y aille qui voudra aller : le diable m'emporte si j'y vais ?

Qui auroit dit que les moines mendians sont des bêtes noires, blanches, fauves, aussi incommodes, aussi importunes que les mouches, les

---

(1) Tant pis pour lui.

cirons, les puces & les punaiſes, auroit dit une dûreté crue & de mauvais goût; & n'eût cependant pas dit autre choſe que Rabelais.

CHAPITRE III.

Des prêtres & moines, des cardinaux & du Pape.

APRÈS cette eſcarmouche contre les moines, voici maintenant tout le clergé pris corps à corps. Sous l'image d'oiſeaux, chantans au ſon des cloches, la hiérarchie ſacrée paſſe en revue, depuis les preſtolets juſqu'au Pape : d'autres ont violemment écrit contre elle; mais aucun ne l'a mieux ſaupoudrée de ridicule; & ſi du tems de Rabelais, l'anti-papiſme étoit une héréſie, ce n'eſt pas trop injuſtement que les dévots le nommoient hérétique. On ne voit pas qu'il s'en ſoit plus mal porté.

Quoi qu'il en ſoit, voilà Pantagruel & ſa cour voyageant par mer, pour aller conſulter un oracle ſur le mariage de Panurge. L'auteur ſe met lui-même du voyage, & raconte ainſi leurs aventures.

« Au quatrieme jour apperçûmes terre, &

nous fut dit par notre pilote que c'étoit l'isle Sonnante; & entendîmes un bruit de loin venant, fréquent & tumultueux, & nous sembloit à l'ouïr que ce fussent cloches grosses, petites & médiocres, ensemble sonnantes, comme on fait à Paris, à Tours & ailleurs aux jours des grandes fêtes : plus approchions, plus entendions cette sonnerie renforcée.

» Approchant davantage, entendîmes entre la perpétuelle sonnerie des cloches tant infatigables, des hommes résidans là, comme étoit notre avis. Pantagruel fut d'opinion qu'avant d'aborder en l'isle Sonnante, descendions avec notre esquif en un petit roc auprès duquel reconnoissions un hermitage & quelque petit jardinet. Là trouvâmes un petit bon-homme hermite, lequel nous donna pleine instruction de toute la sonnerie, & nous fêtoya d'une étrange façon. Il nous fit quatre jours conséquens jeûner, affirmant qu'en l'isle Sonnante autrement reçus ne serions, parce que lors étoit le jeûne des quatre-tems ».

Cela n'arrange point Panurge qui meurt de faim. Mais l'hermite tient bon ; le terme de quatre jours, dit-il, est fatal : (1) » qui contredit

(1) Pris dans le sens du latin, c'est-à-dire, *inévitable*, ordonné par le destin *fatum*.

eſt hérétique, & ne lui faut rien que le feu. Sans faute, pater, dit Panurge, étant ſur mer, je crains beaucoup plus être mouillé que chauffé, & être noyé que brûlé ». Il ſe décide pourtant à jeûner pour pouvoir entrer dans l'iſle. Les jeûnes achevés, l'hermite leur donne une lettre pour maître Editue, gardien de l'iſle Sonnante.

« C'étoit un petit bon-homme, vieux, chauve, à muſeau bien enluminé, & face bien cramoiſie. Il nous fit très-bon accueil, par la recommandation de l'hermite, entendant qu'avions jeûné. Après avoir repu, nous expoſa les ſingularités de l'iſle, affirmant qu'elle avoit été premièrement habitée par les Siticines (2), mais par ordre de nature, comme toutes choſes varient, ils étoient devenus oiſeaux. Depuis ne nous tint plus autres propos que d'oiſeaux & de cages. Les cages étoient grandes, riches, ſomptueuſes & faites par merveilleuſe architecture. Les oiſeaux étoient beaux, grands & polis, à l'avenant, reſſemblans aux hommes de ma patrie, buvoient & mangeoient comme hommes; bref, à les voir de prime face, euſſiez dit que fuſſent hommes; toutefois ne l'étoient

(1) Aulugelle appelle ainſi ceux qui chantoient aux funérailles des morts.

mie

mie, ſelon l'inſtruction de maître Editue, proteſtant qu'ils n'étoient ni ſéculiers ni mondains.

» Auſſi leur plumage nous mettoit en rêverie. Aucuns l'avoient tout blanc, autres tout gris, autres mi-parti de blanc & de noir, autres tout rouge, autres parti de blanc & bleu ; c'étoit belle choſe de les voir.

» Les mâles il nommoit Clergaux, Monagaux, Prêtregaux, Abbegaux, Eveſgaux, Cardingaux & Papegaut, qui eſt unique en ſon eſpéce ; Les femelles il nommoit clergeſſes, monageſſes, prêtregeſſes, abbegeſſes, éveſgueſſes, cardingeſſes, papegeſſes ».

Ainſi Vanoſſa étoit la papegeſſe d'Alexandre VI, l'un des plus exécrables Papegauts qu'ait produit l'iſle Sonnante. Bien d'autres que lui, quoique vieux, ont eu leurs papegeſſes, quand ils n'avoient pas pis encore. La liſte des cardingeſſes ne finiroit pas. Elles joignoient quelquefois d'autres dignités à ce titre. Madame Sancta †, par exemple, n'eſt plus ambaſſadrice, mais on dit qu'elle eſt cardingeſſe inamovible. La réapoſtolification de nos éveſgaux, c'eſt-à-dire leur rappel au régime apoſtolique, détruira, du moins en France, l'eſpece aimable des éveſgueſſes. On ne dira plus, comme autrefois : Mademoiſelle G... eſt éveſgueſſe d'Orléans : Madame de....... eſt archeveſgueſſe de Bordeaux, ou de

Toulouſe, &c. c'eſt dommage. Mais reprenons le récit de notre voyageur.

« Tout ainſi, nous dit Editue, comme entre les abeilles hantent les frêlons, qui rien ne font, fors tout manger & tout gâter : auſſi depuis trois cents ans, ne ſais comment, entre ces joyeux oiſeaux, étoit advolé grand nombre de cagots (1), leſquels avoient honni & gâté toute l'iſle, tant hideux & monſtrueux que de tous étoient fuis. Car tous avoient le col tors, les pattes pelues, les griffes & le ventre de harpies ; & n'étoit poſſible de les exterminer : pour un mort, en advoloit vingt-quatre.

» Lors demandâmes à maitre Editue, vu la multiplication de ces vénérables oiſeaux en toutes leurs eſpéces, pourquoi là n'étoit qu'un Papegaut ? Il nous répondit que telle étoit l'inſtitution premiere, & fatale deſtinée des étoiles ; que des clergaux naiſſent les prêtregaux, & monagaux, ſans compagnie charnelle ; des prêtregaux naiſſent les éveſgaux ; d'iceux les beaux cardingaux ; & les cardingaux, ſi par mort ne ſont prévenus, finiſſent en Papegaut : & n'en eſt ordinairement qu'un, comme par les ruches des abeilles n'y a qu'un roi, & au monde n'eſt qu'un ſoleil. Icelui décédé, en naît un autre en

(1) Les religieux mendians.

ſon lieu, de toute la race des cardingaux, entendez toujours ſans copulation charnelle. De ſorte qu'il y a en cette eſpece unité individuelle, avec perpétuité de ſucceſſion, ni plus ni moins qu'au Phénix d'Arabie.

» Vrai eſt, qu'il y a environ deux mille ſept cents ſoixante lunes, que furent en Nature deux Papegauts produits; mais ce fut la plus grande calamité qu'on vit oncques en cette iſle. Car tous ces oiſeaux-ci ſe pillerent les uns les autres, & s'entrepelaudèrent ſi bien, ce tems durant, que l'iſle périclita d'être ſpoliée d'habitans. Part d'iceux adhéroit à l'un & le ſoutenoit; part à l'autre & le défendoit: demeurerent part d'iceux muets comme poiſſons, & oncques ne chanterent; & part de ces cloches, comme interdite, coup ne ſonna. Ce ſéditieux tems durant, à leurs ſecours évoquerent empereurs, rois, ducs, monarques, comtes, barons & communautés du monde qui habitent en continent & terre ferme; & n'eut fin ce ſchiſme & cette ſédition, qu'un d'iceux ne fût privé de vie, & la pluralité réduite en unité ».

La foi eſt tellement affoiblie qu'au lieu de deux Papegauts il y en auroit vingt, ſans que l'on y prît garde, hors de l'iſle Sonnante. Les empereurs & les rois les laiſſeroient ſe piller

& s'entrepelauder entr'eux; & ne feroient qu'en rire.

» Puis demandâmes qui mouvoit ces oiſeaux ainſi ſans ceſſe chanter : Editue nous répondit que c'étoient les cloches pendantes au-deſſus de leurs cages. Puis nous dit : voulez-vous que préſentement je faſſe chanter ces monagaux que voyez-là, comme une alouette ſauvage? De grace, répondîmes-nous. Lors ſonna une cloche, ſix coups ſeulement, & monagaux d'accourir, & monagaux de chanter. Et ſi, dit Panurge, je ſonnois cette cloche, ferois-je pareillement chanter ceux qui ont le plumage à couleur de hareng ſoret? Pareillement, répondit Editue. Panurge ſonna, & ſoudain accoururent ces oiſeaux enfumés, & chanterent enſemblement; mais ils avoient les voix rauques & mal-plaiſantes. Auſſi, nous montra Editue, qu'ils ne vivoient que de poiſſon, comme les hérons & cormorans du monde, & que c'étoit une quinte eſpéce (1) de cagots, imprimés nouvellement. Ajouta davantage qu'il avoit eu avertiſſement par un voyageur, revenant d'Afrique, que bientôt y devoit advoler une ſixieme eſpéce, leſquels il nommoit

(1) Les minimes, inſtitués long-tems après les quatre premiers ordres mendians.

capucingaux, plus triſtes, plus maniaques, & plus fâcheux qu'eſpéce qui fût en toute l'iſle. Afrique, dit Pantagruel, eſt coutumière toujours produire choſes nouvelles & monſtrueuſes.

» Mais, ajouta-t-il, vu que nous avez expoſé des cardingaux naître Papegaut, & les cardingaux des éveſgaux, les éveſgaux des prêtregaux, & les prêtregaux des clergaux, je voudrois bien entendre d'où vous naiſſent ces clergaux. Ils ſont, dit Editue, tous oiſeaux de paſſage, & nous viennent de l'autre monde, partie d'une contrée grande à merveilles, laquelle ſe nomme *Jour ſans pain*; partie d'une autre, vers le couchant, laquelle on nomme *Trop d'iceux*. De ces deux contrées tous les ans ces clergaux ici par foules nous viennent, laiſſant peres & meres, tous amis & tous parens. La maniere eſt telle : quand en quelque noble maiſon de cette derniere contrée, y a trop d'enfans, ſoit mâles, ſoit femelles, de ſorte que qui feroit part à tous de l'héritage, (comme raiſon le veut, nature l'ordonne, & Dieu le commande) la maiſon feroit diſſipée, les parens s'en déchargent en cette iſle boſſard. Je la nomme ainſi, car ordinairement ils ſont boſſus, borgnes, boiteux, manchots, podagres, contrefaits & maléficiés, poids inutile de la terre.

» Je m'ébahis ſi les meres de par-delà les

portent neuf mois en leurs flancs, vu qu'en leurs maiſons elles ne les peuvent porter ni ſouffrir neuf ans, non pas ſept le plus ſouvent, & leur mettant une chemiſe ſeulement ſur la robe, & ſur le ſommet de la tête leur coupant je ne ſais combien de cheveux, avec certaines paroles expiatoires, par métempſycoſe pythagorique, ſans léſion ni bleſſure aucune, les font oiſeaux tels devenir que préſentement les voyez.

» Plus grand nombre nous en vient de *Jour ſans Pain*, qui eſt exceſſivement long. Car les habitans d'icelle contrée, quand ſont en état de pâtir la faim, pour n'avoir de quoi s'alimenter, & ne ſavoir, ni vouloir rien faire, ni travailler en quelque honnête art & métier, ni auſſi féalement à gens de bien s'aſſervir; ceux auſſi qui n'ont pu jouir de leurs amours, qui ne ſont parvenus à leurs entrepriſes, & ſont déſeſpérés; ceux pareillement qui méchamment ont commis quelque cas de crime, & que l'on cherche pour mettre à mort ignominieuſement, tous advolent; ici ont leur vie aſſignée; ſoudain deviennent gras, comme lirons, qui auparavant étoient maigres comme pics; ici ont parfaite ſûreté, indemnité & franchiſe ».

Que tout cela étoit édifiant & commode! & que la religion perd à la réforme de toutes ces belles inſtitutions! Vous aurez beau maintenant n'avoir ni le talent ni le courage nécessaire pour gagner du pain ; déplaire à votre belle, manquer vos entreprises, ou mériter d'être pendu ; tous ces beaux motifs de vocation ne vous ouvriront pas un asile. Il faudra désormais en France, pour être ministre des autels, avoir de la piété, des mœurs, & même croire en Dieu. O Nation irréligieuse & schismatique !

CHAPITRE IV.

Des ordres religieux & militaires, & du bon emploi des donations faites à l'église.

« EDITUE n'avoit pas achevé de parler, quand près de nous advolerent vingt-cinq ou trente oiſeaux, de couleur & plumage qu'encore n'avois vu en l'iſle. Leur plumage étoit changeant d'heure en heure, comme la peau d'un caméléon; et tous avoient, au-deſſous de l'aile gauche, une marque, comme de deux diametres, mi-partiſſant un cercle, ou d'une ligne perpendiculaire tombant ſur une ligne droite. A tous elle étoit preſque d'une forme, mais non à tous d'une couleur. Aux uns étoit blanche, aux autres verte, aux autres rouge, aux autres bleue.

Qui ſont, demanda Panurge, ceux-ci, & comment les nommez-vous? Ils ſont, répondit Editue, métifs. Nous les appellons Gourmandeurs, & ont grand nombre de riches Gourmanderies en votre monde. Je vous prie, dis-je, faites-les un peu chanter, afin qu'entendions leur voix. Ils ne chantent, dit-il, jamais; mais ils repaiſſent au double en récompenſe. Où ſont, demandois-je, les femelles? ils n'en ont point, répondit-il ».

Ici Panurge demande, avec la franchiſe, du ſtyle de Rabelais, comment, s'ils n'ont point de femelles, ils portent ainſi les ſymptômes d'une maladie, qu'on ne peut nommer décemment que quand elle eſt *petite*. « Elle eſt, dit-il, propre à cette eſpéce d'oiſeaux, à cauſe de la marine qu'ils hantent quelquefois.

» Plus nous dit : le motif de leur venue ici près de vous, eſt pour voir ſi parmi vous reconnoîtront une magnifique eſpéce de gaux (1), oiſeaux de proie terribles, non toutefois venans au leurre, ni reconnoiſſant le gant (2), leſquels ils diſent être en votre monde ; & d'iceux les uns porter jets aux jambes bien beaux & précieux, avec inſcription par laquelle qui mal y penſera, eſt condamné d'être ſoudain honni ; autres au-devant de leurs plumages porter le portrait d'un calomniateur (3), & les autres y

(1) Différens des Prêtregaux, des monagaux, &c.

(2) Il déſigne ici les chevaliers de la jarretiere, qui, au tems dont il parle, ne venoient plus au leurre, ni ne reconnoiſſoient plus le gant du fauconnier romain.

(3) L'eſprit calomniateur, c'eſt le diable, dont le portrait eſt ſur la croix des chevaliers de Saint-Michel.

porter une peau de bellier (1). Il eſt vrai, dit Panurge, mais nous ne les connoiſſons mie.

» Ores, dit Eridue, c'eſt aſſez parlementé, allons boire. Mais repaître, dit Panurge. Repaître, dit Editue, & bien boire : rien n'eſt ſi cher ni ſi précieux que le tems : employons-le en bonnes œuvres.

» Après les premiers morceaux, frere Jean demandoit à Editue : en cette iſle vous n'avez que cages & oiſeaux. Ils ne labourent ni cultivent la terre : toute leur occupation eſt gaudir, gazouiller & chanter. De quel pays vous vient cette corne d'abondance, pleine de tant de biens & friands morceaux ? De tout l'autre monde, répondit Editue, exceptez-moi quelques contrées des régions aquilonnaires, leſquelles nous ont manqué depuis certaines années. Chou ! dit frere Jean, ils s'en repentiront dondaine, ils s'en repentiront dondon. Buvons, amis.

» Mais de quel pays êtes-vous, demanda Editue ? de Touraine, répondit Panurge. Vraiment, dit Editue, vous êtes né de bon lieu, puiſque vous êtes de la benoîte Touraine. De Touraine tant & tant de biens annuellement nous viennent, que nous fut dit un jour par gens du

(1) La toiſon d'or.

lieu ici paſſans, que le duc de Touraine n'a en tout ſon revenu de quoi manger ſon ſaoul de lard, par l'exceſſive largeſſe que ſes prédéceſſeurs ont faites à ces ſacro-ſaints oiſeaux, pour ici de phaiſans nous ſaouler, de perdreaux, de gelinottes, poulles d'indes, gras chapons, venaiſon de toutes ſortes, & toutes ſortes de gibier. Buvons, amis.

Ces deux mots ſont le refrain du bon-homme Editue. Plus il boit, plus il le répéte; plus il le répéte, plus il boit; & s'attendriſſant davantage, à meſure que le vin le gagne, il joint à ſon refrain des expreſſions plus amicales & plus tendres. Son ſtyle eſt celui d'un béat, bien perſuadé que, pour les hommes de Dieu, boire, manger, dormir ſont les trois vertus cardinales; & que toutes les donations faites à l'égliſe doivent ſe réſoudre pieuſement en bon vin & en bonne chère. Ce fut en effet la vérité pendant bien des ſiecles : ce ne l'eſt plus à la fin du nôtre. Auſſi ſerons-nous maudits & convaincus de ſchiſme; ce qui eſt, comme on ſait, le dernier malheur en ce monde, mais ce qui pourroit bien, dans l'autre, revenir abſolument au même.

» Voyez, continuoit Editue, cette perchée d'oiſeaux, comme ils ſont douillets, & en bon point, des rentes qui nous en viennent : auſſi chantent-ils bien pour eux. Vous ne vîtes oncques roſſignols mieux gringoter, qu'ils font au plat, quand je leur ſonne ces groſſes cloches que voyez pendues au tour de leur cage. Buvons, amis : il fait certes aujourd'hui beau boire; auſſi fait-il tous les jours : buvons, je bois de bien bon cœur à vous; & ſoyez les très-bien venus.

» N'ayez peur que vin & vivres ici faillent (1): car quand le ciel ſeroit d'airain & la terre de fer, encore vivres ne nous faudroient, fût-ce par ſept, voire huit ans, plus long-tems que ne dura la famine en Egypte. Buvons enſemble, par bon accord & en charité.

» Diable ! s'écria Panurge, tant vous avez d'aiſe en ce monde! en l'autre, répondit Editue, en aurons-nous bien davantage. Les champs élyſiens ne nous manqueront pour le moins. Buvons, amis, je bois à vous.

» Ça été, dis-je, eſprit divin & parfait, à vous premiers ſiticines, avoir le moyen inventé par lequel vous avez ce que tous humains déſirent naturellement, & à peu d'iceux, ou, à proprement parler, à nul n'eſt octroyé. C'eſt paradis en cette vie & en l'autre pareillement avoir. O gens heureux! ô demi-dieux, plût au ciel qu'il m'advint ainſi »!

---

(1) Manquent.

Après avoir bien bu & bien mangé, Editue les méne dans une chambre bien garnie, bien tapiſſée & toute dorée, où il les invite à dormir. Mais à minuit il les éveilla pour boire; & lui même but le premier, diſant : « vous autres de l'autre monde dites qu'ignorance eſt mere de tous maux, & dites vrai ; mais toutefois ne la baniſſez de vos entendemens, & vivez en elle, avec elle & par elle. C'eſt pourquoi tant de maux vous tourmentent de jour en jour, toujours vous plaignez, toujours lamentez, jamais n'êtes aſſouvis ; je le conſidere préſentement : car ignorance vous tient ici au lit liés, & n'entendez que votre devoir étoit d'épargner de votre ſommeil, point n'épargner les biens de cette fameuſe iſle. Vous deviez avoir déja fait trois repas ; & tenez cela de moi que pour manger les vivres de l'iſle Sonnante, ſe faut lever bien matin : les mangeant, ils multiplient ; les épargnant, ils vont en diminution. Fauchez le pré en ſa ſaiſon, l'herbe y reviendra plus drue : ne le fauchez point, en peu de tems il ne ſera tapiſſé que de mouſſe. Buvons, amis, buvons tous : les plus maigres de nos oiſeaux (1) chan-

(1) Les religieux mendians qui chantent leurs matines à minuit.

tent maintenant tous à nous, nous boirons à eux s'il vous plaît.

» Au point du jour pareillement nous éveilla pour manger souppes de primes. Depuis ne fimes qu'un repas, lequel dura tout le jour, & ne savions si c'étoit dîner ou souper, goûter ou réveillonner. Seulement par forme d'ébat, nous promenâmes quelques jours par l'isle, pour voir & ouïr le joyeux chant des ces benoîts oiseaux ».

Doux passetems ! doux emploi de cette malheureuse vie mortelle ! hélas ! qu'êtes-vous devenus ! De barbares législateurs ont détruit cette béatitude. Ils veulent que tout prêtre remplisse une fonction sacerdotale. Ils retranchent inhumainement de ces fonctions les longs repas, le long sommeil, & tant d'autres consolations, qui aidoient les élus à marcher dans les voies du seigneur. Plus d'oisiveté, plus de donations, & *partant plus de joie.* O siecle pervers & irréligieusement ennemi de ces douces superstitions ! O, dussé-je le répéter cent fois, Nation perdue de philosophie & de schisme !

CHAPITRE V.

Du Pape, des excommunications, & de l'inviolabilité des évêques.

« Le tiers jour continua en festins & mêmes banquets que les jours précédens; auquel jour Pantagruel requéroit instamment voir Papegaut; mais Editue répondit qu'il ne se laissoit ainsi facilement voir. Comment, dit Pantagruel, a-t-il l'armet de Pluton en tête, l'anneau de Gygès aux griffes, ou un caméléon au sein, pour se rendre invisible au monde? Non, répondit Editue; mais il est par nature à voir un peu difficile : je donnerai toutefois ordre que le puissiez voir, si faire se peut. Ce mot achevé, nous laisse au lieu grignotans.

» Un quart d'heure après retourné, nous dit Papegaut être pour cette heure visible; & nous mena en tapinois & silence droit à la cage en laquelle il étoit accroupi, accompagné de deux petits cardingaux, & de six gros gras évesgaux. Panurge curieusement considéra sa forme, ses gestes, son maintien. Puis s'écria à haute voix, disant : en mal-an soit la bête : il semble une huppe (1). Parlez bas, dit Editue, de par Dieu; il a oreilles. Si une fois il vous entend ainsi blasphémant, vous êtes perdus bonnes gens : voyez-vous là dans sa cage un bassin (2) ? D'icelui sortira foudre, tonnerre, éclairs, diables & tempête, par lesquels en un moment serez cent pieds sous terre abymés. Mieux seroit, dit frere Jean, boire & banqueter.

» Panurge restoit en contemplation véhémente de Papegaut & de sa compagnie, quand il apperçut au-dessous de sa cage une chevêche (3). Adoncques s'écria, disant : par la vertudieu, nous sommes ici bien pipés à pleines pipes, & mal équipés. Il y a pardieu de la piperie, fripperie & ripperie tant & plus en ce manoir. Regardez-là cette chevêche. Nous sommes pardieu, assassinés. Parlez bas, de pardieu, dit Editue, ce n'est mie une chevêche; il est mâle; c'est un noble chévecier (4).

---

(1) Seroit-ce à cause de la thiare ?

(2) Cloche qu'on sonne quand le pape excommunie. Mais pour qu'une cloche ressemble à un bassin, il faut qu'elle soit renversée, ce que l'on peut regarder ici comme malignement symbolique.

(3) Oiseau de nuit & de mauvais augure, sorte de chouette.

(4) Celui qui a soin du *chevet* de l'église, c'est-à-dire, de cette partie du chœur qui en fait la clôture. Le même

» Mais,

» Mais, dit Pantagruel, faites-nous ici quelque peu Papegaut chanter, afin qu'oyons ſon harmonie. Il ne chante, répondit Editue, qu'à ſes jours, & ne mange qu'à ſes heures. Non fais-je, dit Panurge, mais toutes les heures ſont miennes. Allons donc boire d'autant. Vous, dit Editue, parlez à cette heure correct : ainſi parlant, jamais ne ſerez hérétique (1). Allons, j'en ſuis d'opinion.

» Retournant à la buverie, apperçûmes un vieil éveſgaut à tête verte (2), lequel étoit accroupi & ronfloit ſous une feuillade. Près de lui étoit une jolie abbegeſſe, laquelle joyeuſement chantoit, & y prenions plaiſir ſi grand, que

officier a ſoin des chapes, de la cire, &c. Ce jeu de mots de *chevêche* & de *chévecier*, n'eſt ni de bon goût ni de beaucoup de ſel ; mais il ſert à amener cette petite ſortie : *Nous ſommes ici bien pipés*, &c. ; & nous devons lui pardonner, nous qui ne ſommes plus *pipés*, & qui commençons même à n'être pas *mal équipés*.

(1) Pourquoi ne pas mettre ici la réflexion du commentateur de Rabelais ? Faites bonne chere & vivez comme il vous plaira, dans un pays d'inquiſition, on ne vous dira rien ; mais gardez-vous bien d'y parler de religion, ni d'y mettre en compromis l'autorité du Pape.

(2) Autre note du commentateur. Leurs armes ſont couronnées d'un chapeau *vert*, en ſigne de l'eſpérance qu'ils ont de devenir un jour cardinaux.

desirions tous nos membres en oreilles convertis, rien ne perdre de son chant, & du tout y vaquer, sans ailleurs être distraits. Panurge dit: cette belle abbegesse se rompt la tête à force de chanter, & ce gros vilain évesgaut ronfle cependant. Je le ferai bien chanter tantôt, de par le diable. Lors sonna une cloche pendante sur sa cage; mais quelque sonnerie qu'il fît, plus fort ronfloit évesgaut, point ne chantoit. Pardieu, dit Panurge, vieille buze, par autre moyen bien chanter vous ferai. Adoncques prit une grosse pierre, le voulant férir par la moitié (1). Mais Editue s'écria, disant :

» Homme de bien, frappe, féris, tue & meurtris tous rois & princes du monde, en trahison, par venin ou autrement comme tu voudras : déniche des cieux les anges; de tout auras pardon du Papegaut. A ces sacrés oiseaux ne touche, d'autant qu'aimes la vie, le profit, le bien, tant de toi que de tes parens & amis vivans & trépassés. Encore ceux qui d'eux après naîtroient en seroient infortunés. Considere bien ce bassin (2). Mieux doncques vaut, dit Panurge, boire d'autant & banqueter ».

---

(1) Frapper à la moitié du corps.

(2) Cette cloche d'excommunication. Voyez la note ci-dessus, page 12.

C'eſt toujours très-bien fait de ſuivre l'avis de Panurge; mais ſi les ſacrés oiſeaux n'ont pas ceſſé d'être inviolables, on leur a prouvé du moins que, ſur leur refus de chanter, on pouvoit les chaſſer de leurs cages. Que Papegaut le prenne comme il voudra; ni rois ni princes n'en ſeront frappés, empoiſonnés ni meurtris. Il n'aura pour ces peccadilles aucun pardon à donner. On aſſure qu'il fera bien de laiſſer ſon baſſin tranquille, & de n'en pas compromettre le bruit. L'artillerie du Vatican n'eſt plus, dit-on, chargée qu'à poudre.

CHAPITRE VI.

De l'autorité du Pape, & de la puissance du diable.

On connoît la fiction plaisante des isles de Papefigue & de Papimanie : par les habitans de la premiere, Rabelais voulut désigner les peuples qui se sont soustraits à l'autorité du Pape ; par ceux de la seconde, les nations qui y sont restées soumises. Les uns, étant excommuniés, passoient, au tems où il écrivoit, pour misérables en ce monde & damnés dans l'autre ; tout prospéroit aux autres ; tout le bonheur étoit pour eux dans l'une & dans l'autre vie. Il paroît donner dans ce sens ; mais sa philosophie maligne, arrange les choses de maniere que le diable, à qui étoit dévolue la terre maudite des Papefigues, y est bafoué & pris pour dupe ; que les Papimanes bénis du ciel, paroissent imbécilles, superstitieux, intolérans ; & que même en croyant faire l'éloge des décisions papales, regle de leur foi & de leur conduite, ils en font réellement la satyre.

Les habitans de Papefigue étoient jadis riches & libres. Un jour de fête annuelle, les bourgmeſtres & ſyndics étoient allés paſſer leur tems & voir la fête en Papimanie, iſle prochaine. L'un d'eux voyant le portrait du Pape, comme c'étoit la coutume de l'y montrer publiquement aux grandes fêtes, lui fit la figue, ce qui eſt dans ce pays ſigne de mépris & de dériſion. Les Papimanes, pour ſe venger, ſe mirent en armes quelques jours après; ſurprirent, ſaccagerent & ruinerent toute l'iſle; impoſerent des conditions humiliantes au reſte des habitans; les firent eſclaves & tributaires, & leur donnerent le nom de papefigues, parce qu'ils avoient fait la figue au portrait du Pape. Depuis ce tems-là rien ne proſpéroit aux pauvres gens. Tout les ans ils avoient grêle, tempête, famine, & toute ſorte de malheurs, comme éternelle punition du crime de leurs ancêtres.

« Un petit diable, qui ne ſavoit encore ni tonner, ni grêler, fors ſeulement le perſil & les choux, encore auſſi ne ſavoit ni lire ni écrire, avoit obtenu de Lucifer de venir ſe récréer & s'ébattre dans cette iſle, en laquelle les diables avoient familiarité grande, & ſouvent y alloient paſſer le tems : arrivé au lieu, rencontra un pauvre payſan qui ſemoit de la touſelle (1) : il s'adreſſa au laboureur & lui demanda ce qu'il faiſoit. Le

(1) Eſpece de grain.

pauvre homme lui répondit qu'il ſemoit ce champ de touſelle pour s'aider à vivre l'an ſuivant. Voire mais, dit le diable, ce champ n'eſt pas tien, il eſt à moi & m'appartient; car depuis l'heure & le tems qu'au Pape vous fites la figue, tout ce pays nous fut adjugé, proſcrit & abandonné. Semer bled toutefois n'eſt mon état; ainſi je te laiſſe le champ; mais c'eſt à condition que nous partagerons le profit. Je le veux, répondit le laboureur.

» J'entends, dit le diable, que du profit nous ferons deux lots. L'un ſera ce qui croîtra ſur terre, l'autre ce qui en terre ſera couvert. Le choix m'appartient, car je ſuis diable extrait de noble & antique race; tu n'es qu'un villain. Je choiſis ce qui ſera en terre, tu auras le deſſus. En quel tems ſera la cueillette? A mi-juillet, répondit le laboureur. Or, dit le diable, je ne faudrai (1) m'y trouver. Fais au reſte, comme eſt ton devoir; travaille: villain, travaille, je vais tenter du gaillard péché de luxure les nobles nonains, les cagots & briffaux auſſi: de leur vouloir je ſuis plus qu'aſſuré. »

« La mi-juillet venue, le diable ſe préſente au lieu, accompagné d'un eſcadron de petits diableteaux de chœur (2). Là rencontrant le

(1) Je ne manquerai à.

(2) De l'âge & de la taille des petits enfans de chœur.

laboureur, lui dit : & puis, vilain, comment t'es-tu porté depuis ma départie ? Il convient faire ici nos partages. C'eſt raiſon, répondit le laboureur. Lors commença avec ſes gens ſeyer le bled. Les petits diables de même tiroient le chaume de terre. Le laboureur battit ſon bled en l'aire, le mit en poches, le porta au marché pour vendre. Les diableteaux firent de même, & au marché, près du laboureur, pour leur chaume vendre s'aſſirent.

» Le laboureur vendit très-bien ſon bled, & de l'argent emplit un vieux demi-brodequin, lequel il portoit à ſa ceinture. Les diables ne vendirent rien ; ains au contraire les payſans en plein marché ſe moquoient d'eux. Le marché clos, le diable dit au laboureur : villain, tu m'as à cette fois trompé ; à l'autre ne me tromperas. Monſieur le diable, répond le laboureur, comment vous aurois-je trompé, qui premier avez choiſi ?.... De quoi, répartit le diable, cette année ſuivante, pourras-tu notre champ ſemer ? Pour profit de bon ménager, répondit le laboureur, le conviendroit ſemer de raves. Or, dit le diable, tu es villain de bien : ſeme raves à force ; je les garderai de la tempête, & ne grêlerai point deſſus : mais entends bien, je retiens pour mon partage ce qui ſera deſſus terre, tu auras le deſſous.

— Travaille, villain, travaille. Je vais tenter les hérétiques : ce ſont ames friandes en carbonnade : monſieur Lucifer à ſa colique, celui ſera une gorge chaude. »

« Venu le tems de la cueillette, le diable ſe trouva au lieu, avec un eſcadron de diableteaux de chambre. Là rencontrant le laboureur & ſes gens, commença ſeyer & recueillir les feuilles de raves. Après lui le laboureur bêchoit & tiroit les groſſes raves, & les mettoit en poches. Ainſi s'en vont tous enſemble au marché. Le laboureur vendoit très-bien ſes raves. Le diable ne vendit rien ; qui pis eſt, on ſe moquoit de lui publiquement. Je vois bien, villain, dit le diable, que par toi je ſuis trompé. Je veux faire fin du champ. Ce ſera de telle maniere que nous nous entregratterons l'un l'autre, & qui de nous deux premier ſe rendra, quittera ſa part du champ. Il demeurera entier au vainqueur. La journée ſera à huitaine. Va, villain, je te gratterai en diable. »

« J'allois tenter les pillards, Chicanoux, déguiſeurs de procès, notaires, fauſſaires, avocats, prévaricateurs ; mais ils m'ont fait dire par un truchement qu'ils étoient tous à moi. Auſſi bien Lucifer ſe fâche de leurs ames ; & les renvoie ordinairement aux diables de cuiſine, ſinon quand elles ſont ſaupoudrées (1). Vous dites qu'il n'eſt déjeûner que d'écoliers ; dîner que d'avocats ; goûter (2) que de vignerons ; ſouper que de marchands ; reveillonner que de chambrieres. Il eſt vrai, monſieur Lucifer ſe plaît à tous ces repas ; & ſe ſouloit (3) déjeuner d'écoliers. Mais, las ! ne ſais par quel malheur depuis certaines années ils ont avec leurs études adjoint les ſaintes bibles (4). Pour cette cauſe plus n'en pouvons au diable l'un tirer ; & je crois que ſi les cafards ne nous y aident, leur ôtant par menaces, injures, force, violence, & brûlemens leur Saint-Paul d'entre les mains, plus là-bas n'en grignoterons. »

« D'avocats pervertiſſeurs de droit, & pilleurs de pauvres gens, il dîne ordinairement ; & ne lui manquent. Mais on ſe fâche de toujours un pain manger. Il dit n'a gueres en plein chapitre qu'il mangeroit volontiers l'ame d'un cafard,

---

(1) Le commentateur de Rabelais prétend ici que, ſans cette précaution, cette ſorte d'ames ſe corrompt d'abord.

(2) Il y a dans Rabelais *reſſiner*, qui veut dire la même choſe.

(3) Avoit coutume de.

(4) Ce trait eſt paſſablement vif. On brûloit alors les calviniſtes ; & ce ſont leurs études qui ſont ici déſignées, comme ſauvant des griffes du diable les écoliers qui les ſuivent.

qui eût oublié de se recommander soi-même en son sermon, & promit double paye & notable appointement à quiconque lui en apporteroit une. Chacun de nous se mit en quête. Mais rien n'y avons profité. Tous admonestent les nobles dames de donner à leur couvent. »

« De goûter ils s'est abstenu depuis qu'il eut sa forte colique provenante de ce qu'aux contrées boréales, l'on avoit ses nourrissons, vivandiers, charbonniers, & chaircuitiers, outragé vilainement (1). Il soupe très-bien de marchands usuriers, apothicaires, faussaires, billonneurs, adultérateurs (2) de marchandises ; & quelquefois qu'il est en ses bonnes (3), reveillonne de chambrieres, lesquelles après avoir bu le bon vin de leurs maîtres, remplissent le tonneau d'eau puante. Travaille, villain, travaille &c. »

La maniere dont le diable est trompé la troisieme fois est trop gaillarde pour être rapportée ici. On peut la voir dans Rabelais (4), & dans

---

(1) Allusion à l'expulsion des moines hors de l'Angleterre & des deux royaumes du Nord. Adieu aussi pour Lucifer, ses vivandiers, charbonniers & chaircuitiers de France.

(2) Qui gâtent & corrompent les marchandises par de mauvais mélanges.

(3) En ses goguettes.

(4) Pantagruel, liv. 4, chap. 47.

la Fontaine qui en a fait un joli conte, où l'on retrouve bien ce qu'il y a de plaiſant en celui-ci, mais non ce qu'il y a de malin & de philoſophique. Tant y a que le diable eſt encore pris pour dupe, & que le champ reſte au laboureur, quoiqu'en terre maudite & excommuniée.

Si certain ſchiſme, dont on nous fait la plaiſanterie de nous menacer, eſt déclaré cette année, vous verrez de même que chaque laboureur reſtera maître de ſon champ; que les raves, les choux, le bled y viendront comme de coutume; & que même les vins de Bourgogne, de Bordeaux & de Champagne n'en ſeront pas moins exquis. Je conſeille aux Papimanes, ſcandaliſés du peu d'effet de la Bulle, de ſe conſoler en buvant du meilleur.

CHAPITRE VII.

Du Pape, des Papiſtes & des Décrétales.

« LAISSANT l'iſle déſolée des Papefigues, navigâmes par un jour en ſérénité & tout plaiſir, quand à notre vue s'offrit la benoiſte iſle des Papimanes. Soudain que nos ancres furent au port jettées, vinrent vers nous en un eſquif quatre perſonnes diverſement vêtues. L'une en moine enfrocqué, crotté, botté; l'autre en fauconnier, avec un leurre & gant d'oiſeau; l'autre en ſolliciteur de procès, ayant un grand ſac plein d'informations, citations, chicaneries & ajournemens en main; l'autre en vigneron d'Orléans, avec belles guêtres de toile, un panier & une ſerpe à la ceinture.

» Incontinent qu'ils furent joints à notre navire, s'écrierent à haute voix, tous enſemble demandans : l'avez-vous vu, gens paſſagers ? l'avez-vous vu ? Qui ? demandoit Pantagruel. Celui-là, répondoient-ils. Qui eſt-il ? demanda frere Jean : par la mort je l'aſſommerai de coups ; penſant qu'ils s'informoient de quelque larron, meurtrier ou ſacrilége. Comment, dirent-ils, gens pérégrins (1), ne connoiſſez-vous l'unique ? Seigneurs, dit Epiſtemon, nous n'entendons tels termes : mais expoſez-nous, s'il vous plaît, de qui vous entendez, & nous vous en dirons la vérité ſans diſſimulation. C'eſt, diſent-ils, celui qui eſt : l'avez-vous jamais vu ? Celui qui eſt, répondit Pantagruel, par notre théologique doctrine eſt Dieu. Oncques certes ne le vîmes, & n'eſt viſible à œil corporel. Nous ne parlons mie, dirent-ils, de ce haut Dieu qui domine par les cieux ; nous parlons du Dieu en terre : l'avez-vous oncques vu ? Ils entendent, dit Carpalim, du Pape, ſur mon honneur. Oui, oui, répondit Panurge : ouidà, meſſieurs, j'en ai vu trois, à la vue deſquels je n'ai gueres profité. Comment ? dirent-ils, nos ſaintes décrétales chantent qu'il n'y en a jamais qu'un vivant. J'entends répondit Panurge, les uns ſucceſſivement après les autres. autrement n'en ai-je vu qu'un à la fois.

» O gens, dirent-ils, trois & quatre fois heureux, ſoyez les bien plus que très-bien venus ! Adoncques s'agenouillerent devant nous, & nous vouloient baiſer les pieds ; ce que ne leur voulumes permettre, leur remontrant qu'au Pape, ſi là de fortune en propre perſonne venoit, ils ne ſauroient faire davantage. Si ferions, ſi, répon-

(1) Voyageurs.

dirent-ils : cela eſt entre nous jà réſolu. Nous lui baiſerions le cul ſans feuille ». J'en demande encore pardon au lecteur délicat ; mais ce trait m'a paru demander grace. Je ſupprime le reſte, pour qui je ne l'obtiendrois pas.

» Pantagruel demandoit cependant à un mouſſe de leur eſquif qui étoient ces perſonnages. Il lui fit réponſe que c'étoient les quatre états de l'iſle ; & ajouta que ſerions bien accueillis & bien traités, puiſqu'avions vu le Pape. Panurge lui dit ſecrétement : tout vient à point qui peut attendre. A la vue du Pape jamais n'avions profité : à cette heure, de par tous les diables, nous profitera, comme je vois. Alors deſcendîmes en terre, & venoient au-devant de nous, comme en proceſſion, tout le peuple du pays, hommes, femmes, petits enfans. Nos quatre états leur dirent à haute voix : ils l'ont vu ; ils l'ont vu ; ils l'ont vu. A cette proclamation, tout le peuple s'agenouilloit devant nous, levant les mains jointes au ciel & criant : ô gens heureux ! ô bien heureux ! Et dura ce cri plus d'un quart d'heure.

» Tant grandes furent leurs exclamations, que Homenaz (1) y accourut (ainſi appellent-ils leur évêque) ſur une mule débridée, caparaſ-

---

(1) Un *homenaz*, ſelon les commentateurs, ſe dit en Languedoc d'un grand fat qui n'a ni monde ni eſprit.

ſonnée de vert, accompagné de ſes ſuppôts, portant croix banieres, gonfalons, baldaquins, torches, bénitiers; & nous vouloit pareillement baiſer les pieds à toute force, diſant qu'un gloſſateur de leurs ſaintes décrétales avoit laiſſé par écrit, qu'ainſi comme le Meſſie tant & ſi longtems des juifs attendu, enfin leur étoit advenu, auſſi en cette iſle quelque jour le Pape viendroit: attendant cette heureuſe journée, ſi là arrivoit perſonne qui l'eût vu à Rome ou autre part, qu'ils euſſent à le bien fêtoyer & révéremment traiter. Toutefois nous en excuſâmes honnêtement.

Homenaz les conduit à l'égliſe, & leur promet qu'après la meſſe ils iront *bancqueter*. « Approchant de la porte du temple, apperçûmes un gros livre doré, tout couvert de fines & précieuſes pierres, balais, émeraudes, diamans, unions, plus ou pour le moins autant excellentes que celles qu'Octavian (1) conſacra à Jupiter Capitolin. Et pendoit en l'air, attaché à deux groſſes chaines d'or, au haut du portail. Nous le regardions en admiration. Pantagruel le manioit & tournoit à plaiſir, car il y pouvoit aiſément toucher: & nous aſſuroit qu'au touchement d'icelui, il ſentoit un doux

(1) Auguſte.

prurit des ongles & dégourdissement des bras; ensemble tentation véhémente de battre un sergent ou deux, pourvu qu'ils n'eussent tonsure (1).

» Adoncques: nous dit Homenaz jadis la loi fut baillée aux Juifs par Moïse, écrite des doigts propres de Dieu. L'oriflamme fut des cieux transmise aux nobles & très-chrétiens rois de France, pour combattre les infideles. Régnant Numa Pompilius, roi second des Romains, en Rome fut du ciel vu descendre le tranchant bouclier, dit Ancile. Ici semblablement voyez les sacrées décrétales, écrites de la main d'un ange chérubin, & à nous ici miraculeusement du ciel des cieux transmises, en façon pareille que par Homere, pere de toute philosophie (exceptez toujours les divines décrétales) le fleuve du Nil est appellé Diipetès, tombé du ciel. Et parce que avez vu le Pape, évangéliste d'icelles & protecteur sempiternel, vous sera par nous permis de les voir & baiser au-dedans, si bon vous semble.

---

(1) Par les décrétales, il est défendu, sous peine d'excommunication, de frapper, pour quelque occasion que ce soit, ni les clercs, ni les laïcs tonsurés. Or il y avoit alors des sergens clercs en grand nombre, d'autres laïcs tonsurés, qui savoient bien se prévaloir de leurs priviléges pour commettre impunément toutes sortes de crimes dans les fonctions de leurs offices.

Mais

Mais il vous conviendra auparavant trois jours jeûner, & régulièrement confesser, curieusement épluchant & inventoriant vos péchés, si dru qu'en terre ne tombât une seule circonstance, comme divinement nous chantent les dives décrétales que voyez. »

Panurge dit qu'il se confesseroit volontiers, mais qu'il n'a déja que trop jeûné : frere Jean en dit autant ; & ils aiment mieux se passer de voir en dedans les décrétales. « Entrons doncques, dit Homenaz, en l'église, & pardonnez-nous si présentement ne vous chantons la belle messe de Dieu. L'heure de mi-jour est passée, après laquelle nos sacrées décrétales nous défendent messe chanter, messe, dis-je, haute & légitime. Mais je vous en dirai une basse & séche. J'en aimerois mieux, dit Panurge, une mouillée de quelque bon vin d'Anjou.

» La messe parachevée, Homenaz tira d'un coffre, près le grand autel un gros fatras de clefs, desquelles il ouvrit à trente-deux clavures & quatorze cadenats, une fenêtre de fer bien barrée au-dessus dudit autel ; puis par grand mystere se couvrit d'un sac mouillé, & tirant un rideau de satin cramoisi, nous montra une image peinte assez mal, selon mon avis ; y toucha un bâton longuet, & nous fit à tous baiser la touche (1) : puis nous demanda: que vous ſemble de cette image? C'eſt, répondit Pantagruel, la reſſemblance d'un Pape. Je le connois à la tiare, à l'aumuſſe, au rochet, à la pantoufle. Vous dites bien, dit Homenaz : c'eſt l'idée de ce Dieu de bien en terre, la venue duquel nous attendons dévotement, & lequel eſpérons une fois voir en ce pays. O heureuſe & déſirée, & tant attendue journée! Et vous heureux & bienheureux, qui tant avez eu les aſtres favorables qu'avez vivement & réellement vu en face ce bon Dieu en terre, duquel voyant ſeulement le portrait, gagnons pleine rémiſſion de tous nos péchés mémorables; enſemble la tierce partie avec dix-huit quarantaines des péchés oubliés (2). Auſſi ne la voyons nous qu'aux grandes fêtes annuelles.

» Il me ſemble, dit Panurge, que ce portrait fault (3) en nos derniers papes : car je les ai vus, non aumuſſe, ains armet en tête porter, timbré d'une tiare perſique (4) ; & tout l'empire

(1) Alluſion aux fraudes des poſſeſſeurs de reliques & de ceux qui les montrent. Rabelais n'aſſure pas que le bâton ait touché le portrait papal, mais ſeulement qu'il lui parut ainſi.

(2) Style des canons pénitentiels.

(3) Manque, eſt fautif, &c.

(4) Ceci tombe ſur-tout ſur Jules II.

chrétien étant en paix & silence, eux seuls faire guerre félonne & très-cruelle. C'étoit doncques, dit Homenaz, contre les rebelles, hérétiques, protestans, désespérés, non obéissans à la sainteté de ce bon Dieu en terre? Cela lui est non-seulement permis & licite, mais commandé par les sacrées décrétales ; & doit à feu & à sang mettre empereurs, rois, ducs, princes, républiques, incontinent qu'ils transgresseront un iota de ses commandemens; les spolier de leurs biens, les déposséder de leurs royaumes, les proscrire, les anathématiser ; & non-seulement occire leurs corps & ceux de leurs enfans & autres parens, mais aussi leurs ames damner, au parfond de la plus ardente chaudiere qui soit en enfer.

» Ici, dit Panurge, par tous les diables, ne sont-ils hérétiques comme ils le sont parmi les Allemagnes & Angleterre. Vous êtes chrétiens triés sur le volet. Oui, vrai Dieu, dit Homenaz; aussi serons-nous tous sauvés. Allons prendre de l'eau-bénite : puis dînerons. »

Notez bien que cet Homenaz, loin d'être sur tout le reste un fanatique emporté, n'est qu'un bon dévot, doux, fade & imbécille. Mais dès qu'il est question d'hérétiques, il ne parle plus que d'anathêmes, d'occisions, de feu, de sang & de chaudieres. Et ce sont là des *chrétiens triés ſur le volet*; & cet homme dit, dans ſa ſimplicité barbare, que, moyennant cette doctrine, *ils ſeront tous ſauvés*! Ce caractere du Superſtitieux n'eſt pas tracé par un philoſophe ſuperficiel, ni par un obſervateur médiocre.

CHAPITRE VIII.

Produit & emploi des quêtes & aumônes, & louange des décrétales.

» OR, notez que durant la messe séche d'Homenaz, trois marguilliers de l'église, chacun tenant un grand bassin en main, se promenoient parmi le peuple, disant à haute voix : n'oubliez les gens heureux qui l'ont vu en face !

» Sortant du temple, ils apporterent à Homenaz leurs bassins tout pleins de monnoie papimanique. Homenaz nous dit que c'étoit pour faire bonne chère, & que de cette contribution & taillon une partie seroit employée à bien boire, l'autre à bien manger, suivant une mirifique glose, cachée en un certain coin de leurs saintes décrétales. Ce qui fut fait en un beau cabaret; & croyez que la chère fut copieuse & les buvettes numéreuses (1).

» Le sert & dessert fut porté par les filles pucelles mariables du lieu, belles, je vous affie (2), saffrettes, blondelettes, doucettes & de

(1) Nombreuses.

(2) Je vous assure.

bonne grace; lesquelles vêtues d'aubes longues, blanches & déliées, à doubles ceintures, le chef (1) ouvert, les cheveux mêlés de petites bandelettes & rubans de soie violette, semés de roses, œillets, marjolaine, anis, oranges & autres fleurs odorantes, à chaque cadence nous invitoient à boire, avec doctes & mignonnes révérences.

» Elles étoient volontiers vues de toute l'assistance. Frere Jean les regardoit de côté, comme un chien qui emporte un plumail. Au dessert du premier mets fut par elles mélodieusement chanté une épode à la louange des sacro-saintes Décrétales.

» A l'apport du second service, Homenaz, tout joyeux & ébaudi adressa la parole à l'un des maitres sommeliers; & se fit verser un grand hanap (2) de vin extravagant (3). Il le tint en main, & soupirant profondément, dit à Pantagruel: monseigneur, & vous beaux amis, je bois à vous tous de bien bon cœur : soyez les très-bien venus. Lorsqu'il eut bu & rendu le hanap à la

---

(1) Le haut de la robe, ou de l'aube.

(2) Grande tasse.

(3) On appelle *extravagantes* des décrétales ou décisions des papes, ou constitutions particulieres, ajoutées au corps du droit canon. Ce *vin extravagant* étoit un vin de dîmes, con-

bachelette gentille, fit une lourde exclamation, disant : ô dives décrétales ! tant par vous est le bon vin trouvé bon. Ce n'est pas, dit Panurge, le pis du panier. Mieux seroit, dit Pantagruel, si par elles le mauvais vin devenoit bon.

» O Seraphique sixieme ! (1) dit Homenaz continuant, tant vous êtes nécessaire au sauvement des pauvres humains ! O Chérubiques Clémentines (2), comment en vous est proprement contenue & décrite la parfaite institution du vrai chrétien ! O extravagantes (3) Angéliques, comment sans vous périroient les pauvres ames, lesquelles ici bas errent par les corps mortels en cette vallée de misere ! Hélas ! quand sera ce don & grace particuliere faite aux humains, qu'ils se désistent de toutes autres études & négoces pour vous lire, vous entendre, vous savoir, vous user, pratiquer, incorporer aux profonds ventricules de leurs cerveaux ; aux internes moëlles de leurs os, aux perplexes labyrinthes de leurs

---

cédé à l'église d'Homenaz par quelqu'*extravagante*, ou constitution particuliere.

(1) C'est le sixieme bref, ou la sixieme bulle de je ne sais quel Pape.

(2) Décrétales de Clément V recueillies par Jean XXII son successeur.

(3) Voyez la note 3 de la page précédente.

artères? O lors & non plutôt, & non autrement heureux le monde! O lors nullité de grêle, gelée, frimats, vimaires (1)! O lors abondance de tous biens en terre! O lors paix obſtinée infringible (2) dans l'univers; ceſſation de guerres, pilleries, briganderies, aſſaſſinemens, excepté contre les hérétiques & rebelles maudits! O lors joyeuſeté, allégreſſe, lieſſe, ſoulas, déduits, plaiſirs, délices en toute nature humaine!

» Mais, ô grande doctrine, ineſtimable érudition, préceptions déifiques emmortaiſées dans les divins chapitres de ces éternelles décrétales! O comment, liſant ſeulement un demi-canon, un petit paragraphe, un ſeul dit notable de ces ſacro-ſaintes décrétales, vous ſentez en vos cœurs enflammés la fournaiſe d'amour divin, de charité envers votre prochain, pourvu qu'il ne ſoit hérétique; mépris aſſuré de toutes choſes fortuites & terreſtres; extatique élévation, voire juſqu'au troiſieme ciel; contentement certain en toutes vos affections »!

Toujours *pourvu qu'il ne ſoit hérétique, excepté contre les hérétiques maudits.* On voit que Rabe-

(1) Dégât occaſionné dans les forêts par les ouragans.

(2) Impoſſible à rompre.

lais ne perd pas de vue le caractere de ſon Superſtitieux ; doucereux, mielleux ſur-tout le reſte; âpre, ſans charité, ſanguinaire, impitoyable contre les ſeuls hérétiques, c'eſt-à-dire, contre ceux de ſes ſemblables qui déraiſonnent d'une maniere un peu différente de la ſienne.

CHAPITRE IX.

Miracles advenus par les décrétales.

» VOICI, dit Panurge, qui dit d'or; mais j'en crois le moins que je peux. Car il m'advint un jour à Poitiers, chez un docteur décrétaliste d'en lire un chapitre : le diable m'emporte, si, à la lecture d'icelui, je ne fus tant constipé du ventre, que je le fus pendant plus de quatre ou cinq jours. Ha, ha, mon ami, dit Homenaz, par aventure étiez en état de péché mortel.

» Un jour, dit frere Jean, je m'étois à Sévillé torché le cul (1) d'un feuillet d'une méchante Clémentine : je me donne à tous les diables, s'il ne m'advint hémorroïdes horribles. Ce fut, dit Homenaz, évidente punition de Dieu, vengeant le péché qu'aviez fait, incaquant (2) ces sacrés livres, lesquels deviez baiser

(1) Ne vous arrêtez point, lecteurs, à cette expression qui vous choque ici pour la derniere fois ; mais contemplez avec édification ces beaux miracles, & sur-tout la crédulité & la superstition en personne dans ce bon Homenaz qui s'obstine à voir tous ces accidens comme des punitions de trop d'irrévérence ou de trop peu de foi.

(2) De l'italien *incacare*.

& adorer, je dis d'adoration de latrie, ou d'hyperdulie pour le moins.

» Jean Chouart, dit Ponocrates, à Montpellier, avoit acheté de quelques moines une belle décrétale écrite en beau & grand parchemin, pour en faire des velins pour battre l'or. Le malheur y fut si étrange, que oncques pièce n'y fut frappée qui vînt à profit. Toutes furent dilacérées & étripées. Punition, dit Homenaz, & vengeance divine.

» Au Mans, dit Eudemon, François Cornu, apothicaire, avoit en cornets employé une *Extravagante* frippée : je désavoue le diable, si tout ce qui dedans fut empacqueté, ne fut sur l'instant empoisonné, pourri & gâté : encens, poivre, gérofle, safran, cire, épices, casse, rhubarbe, tamarins, généralement tout. Abuser, dit Homenaz, aux choses profanes de ces tant sacrées écritures ! Vengeance & divine punition.

» A Paris, dit Carpalim, Grognet, couturier, avoit employé une vieille Clémentine en patrons & mesures. O cas étrange ! Tous habillemens taillés sur tels patrons & telles mesures, furent gâtés & perdus; robes, cappes, manteaux, jupes, casaquins, collets, pourpoints, cottes & vertugades. Grognet, cuidant tailler une cappe, tailloit la forme d'une braguette; sur la forme d'un casaquin tailloit une aumusse; pour un collet faisoit un brodequin; pensant faire un manteau, faisoit un tambourin de suisse. Tellement que le pauvre homme par justice fut condamné à payer les étoffes de tous ces chalans; & de présent est à l'hôpital. Punition, dit Homenaz, & vengeance divine.

» A Cahusac, dit Gymnaste, partie fut faite pour tirer au but entre les seigneurs d'Estissac & de Lauzun. On avoit dépecé une demi-décrétale, & des feuillets taillé le blanc pour le but. Je me donne, je me vends, je me donne à travers tous les diables, si jamais arbalêtrier du pays tira trait dedans. Tous furent à côté. Rien du blanc sacro-saint ne fut barbouillé, dépucellé ni entamé. Encore celui qui gardoit les gages nous juroit son grand serment qu'il avoit vu manifestement une fléche entrant au milieu du blanc, sur le point de toucher & enfoncer, s'être écartée loin d'une toise. Miracle, s'écria Homenaz, miracle, miracle! *Clérice*, éclaire ici. Vous me semblez vrais christians.

» A Landerousse, dit Rhizotome, aux nôces de Jean Délif, le festin nuptial fut notable & somptueux, comme lors étoit la coutume du pays. Après souper, furent jouées plusieurs farces, comédies, sornettes plaisantes : furent dansées plusieurs moresques aux sonnettes & tambours;

furent introduites diverſes ſortes de maſques & momeries. Mes compagnons d'école & moi, faute de maſques de papier, fimes nos faux viſages des feuillets d'un vieux *ſixieme*, qui là étoit abandonné, les découpant un peu à l'endroit des yeux, du nez & de la bouche. Cas merveilleux ! Nos petites caroles (1), & puériles ébatemens achevés, ôtant nos faux viſages, apparûmes plus hideux & vilains que les diableteaux de la paſſion, tant avions les faces gâtées aux lieux touchés par leſdits feuillets. L'un y avoit la picote, l'autre le tac, l'autre la v....., l'autre la rougeole. Somme celui de nous tous étoit le moins bleſſé à qui les dents étoient tombées. Miracle, s'écria Homenaz, miracle !

» Il n'eſt, dit Rhizotome, encore tems de rire. Mes deux ſœurs avoient mis dans ce beau ſixieme, comme en preſſe, leurs guimpes, manchettes & collerettes ſavonnées de frais, bien blanches & empeſées. Par la vertudieu.........! Attendez, dit Homenaz; duquel Dieu entendez-vous ? Il n'en eſt qu'un, répondit Rhizotome. Oui bien, dit Homenaz aux cieux : en terre n'en avons nous un autre ? En avant, dit Rhizotome, par mon ame, je n'y penſois plus. Par la vertu doncques du Dieu Pape, leurs guim-

(1) Danses en rond. De l'Italien *carole*.

pes, collerettes & tout autre linge y devint plus noir qu'un ſac de charbonnier. Miracle, s'écria Homenaz! *Clérice*, éclaire ici, & note ces belles hiſtoires ».

Notons les auſſi nous-mêmes; & permettons-nous ſeulement cette petite queſtion. Lorſqu'au ſeizieme ſiecle un Philoſophe a pu ſe moquer ainſi des conſtitutions & des bulles, avec approbation & privilége du roi de France, comment au dix-huitieme, toute la France a-t-elle été ſens deſſus deſſous pour une Bulle? Comment la race caffarde des Bulliſtes n'eſt-elle pas éteinte? Comment, à préſent même, oſe-t-on nous parler de Bulles & de Décrétales? Ne faut-il pas être plus ſot qu'Homenaz, pour voir aujourd'hui dans une Bulle ou dans un bref les deſtins de toute la France? Sixieme, Clémentine, ou tout ce qu'il vous plaira, ce ſera toujours, en termes de l'art, une véritable *Extravagante.*

CHAPITRE X.

Comment, par la vertu des décrétales, l'or étoit ſubtilement tiré de France à Rome. Suite de l'éloge des décrétales.

« JE voudrois, dit Epiſtemon, avoir payé chopine & qu'euſſions à l'original collationné les terrifiques chapitres, *execrabilis*, *demulta*, *ſi plures*, *de annatis*, & certains autres, leſquels tirent par chacun an de France à Rome quatre cents mille ducats & davantage. Eſt-ce rien ? Cela, dit Homenaz, me ſemble toutefois être peu, vu que la France la très-chriſtiane eſt unique nourrice de la cour romaine. (1)

» Mais trouvez-moi livres au monde, ſoit de philoſophie, de médecine, des loix, des mathématiques, des lettres humaines, voire par mon Dieu, de la ſainte écriture, qui en puiſſent autant tirer ! Vous n'en trouverez point de cette auriflue énergie, je vous en aſſure. Encore ces diables hérétiques ne le veulent apprendre & ſa-

(1) On a jugé enfin cette Cour aſſez grande pour être ſevrée.

voir. Brûlez, tenaillez, cizaillez, noyez, pendez, empalez, démembrez, découpez, fricaſſez, grillez, crucifiez, écartelez, carbonnadez ces méchans hérétiques, décrétaliſuges, décrétalicides, pires qu'homicides, pires que parricides, décrétalictones du diable ! (1)

» Vous autres gens de bien, ſi voulez être dits & réputés vrais chriſtians, je vous ſupplie à jointes mains ne croire autre choſe, autre choſe ne penſer, ne dire, n'entreprendre, ne faire, fors ſeulement ce que contiennent nos ſacrées décrétales & leurs corollaires, ce beau ſixieme, ces belles Clémentines, ces belles Extravagantes. O livres déifiques ! ainſi ſerez en gloire, honneur, exaltation, richeſſes, dignités en ce monde; de tous révérés, d'un chacun redoutés, à tous préférés, ſur tous révérés & choiſis. Car il n'eſt ſous la chappe du ciel gens plus idoines à tout faire & manier que ceux qui, par divine preſcience & éternelle prédeſtination, ſe ſont adonnés à l'étude des ſaintes décrétales.

» Voulez-vous choiſir un preux empereur, un bon capitaine, un digne chef & conducteur d'armée en tems de guerre, qui bien ſache tous inconvéniens prévoir, tous dangers éviter, bien mener ſes gens à l'aſſaut & au combat en allé-

(1) Toujours bon, toujours doux, toujours charitable.

greſſe, rien ne haſarder, toujours vaincre, ſans perte de ſes ſoldats, & bien uſer de la victoire? Prenez-moi un décrétaliſte.

» Voulez-vous, en tems de paix, trouver homme apte & ſuffiſant à bien gouverner l'état d'une république, d'un empire, d'une monarchie; entretenir l'égliſe, la nobleſſe, le ſénat & le peuple en richeſſe, amitié, concorde, obéiſſance, vertus, honnêteté? Prenez-moi un décrétaliſte.

» Voulez-vous trouver homme qui par vie exemplaire, beau parler, ſaintes admonitions, en peu de tems, ſans effuſion de ſang humain, conquête la terre ſainte, & à la ſainte foi convertiſſe les mécréans turcs, juifs, tartares & moſcovites? Prenez-moi un décrétaliſte.

» Qui fait en pluſieurs pays le peuple rebelle & détravé (1), les pages friands & mauvais, les écoliers badauds & aſniers? Leurs gouverneurs, leurs écuyers, leurs précepteurs n'étoient décrétaliſtes.

» Mais qui eſt-ce, en conſcience, qui a établi, confirmé, autoriſé ces belles religions (2) deſquelles en tous endroits voyez la chrétienté or-

(1) Déchaîné, comme un cheval qui a rompu ſes entraves.

(2) Maiſons religieuſes.

née, décorée, illustrée, comme est le firmament de ses claires étoiles ? Dives décrétales.

» Qui a fondé, qui maintient, qui sustente, qui nourrit les dévôts religieux, par les couvens, monasteres & abbayes, sans les prieres diurnes, nocturnes, continuelles desquels seroit le monde en danger évident de retourner en son antique chaos ? Sacrées décrétales.

» Qui fait & journellement augmente en abondance de tous biens temporels, corporels & spirituels, ce fameux & célebre patrimoine de Saint Pierre ? Saintes décrétales.

» Qui fait le saint siége apostolique en Rome, de tout tems & aujourd'hui tant redoutable en l'univers, qu'il faut, bon gré malgré, que tous rois, empereurs, potentats & seigneurs dépendant de lui, par lui soient couronnés, confirmés, autorisés, viennent là bouquer & se prosterner à la mirifique pantoufle ? Belles décrétales de Dieu.

» Je vous veux déclarer un grand secret. Les universités de votre monde, en leurs armoiries & devises, ordinairement portent un livre, les unes ouvert, & les autres fermé. Quel livre pensez-vous que ce soit ? Je ne sais, certes, répondit Pantagruel : je ne lus oncques dedans. Ce sont, dit Homenaz, les décrétales, sans lesquelles périront les priviléges de toutes univerſités. Vous me devez celle-là. Ha, ha, ha, ha! Ici commença Homenaz à rire, baver & ſuer; & bailla ſon bonnet à une des filles, laquelle le poſa ſur ſon beau chef en grande allégreſſe, après l'avoir amoureuſement baiſé, comme gage & aſſurance qu'elle ſeroit premiere mariée.

» Je diſois donc, reprit Homenaz, qu'ainſi vous adonnant à l'étude unique des ſacrées décrétales, vous ſerez riches & honorés en ce monde. Je dis conſéquemment qu'en l'autre vous ſerez infailliblement ſauvés au benoît royaume des cieux, duquel les clefs ſont baillées à notre bon Dieu (1) décrétaliarque.

» O mon bon Dieu, lequel j'adore & ne vis oncques, de grace ſpéciale, ouvre-nous, à l'article de la mort, pour le moins, ce très-ſacré tréſor de notre mere ſainte égliſe, duquel tu es protecteur, conſervateur, adminiſtrateur, diſpenſateur; & donne ordre que ces précieuſes œuvres de ſurrérogation, ces beaux pardons au beſoin ne nous faillent; à ce que les diables ne trouvent que mordre ſur nos pauvres ames, que la gueule horrifique d'enfer ne nous engloutiſſe. Si nous faut paſſer par purgatoire, patience. En ton pouvoir & arbitre eſt nous en délivrer quand tu voudras. Ici commença Homenaz à jetter groſſes

(1) C'eſt le Pape, chef & ſouverain des Décrétales.

& chaudes larmes, battre sa poitrine, & baiser ses pouces en croix.

» Epistemon, frere Jean & Panurge, voyant cette fâcheuse catastrophe, commencerent, couverts de leur serviette, à crier miaut, miaut, feignant cependant s'essuyer les yeux, comme s'ils eussent pleuré. Les filles furent bien apprises, & à tous présenterent pleins hanaps de vin clémentin (1), avec abondance de confitures. Ainsi fut de nouveau le banquet réjoui.

» En fin de table, Homenaz nous donna grand nombre de grosses & belles poires, en disant: tenez, amis; ce sont poires singulieres, lesquelles ailleurs ne trouverez. En cette isle seule naissent ces belles poires. Faites-en, si bon vous semble, pépinieres en vos pays. Comment, demanda Pantagruel, les nommez-vous? Non autrement que poires, répondit Homenaz. Nous sommes simples gens, puisqu'il plaît à Dieu; & appellons les figues, figues; les prunes, prunes; & les poires, poires. Vraiment, dit Pantagruel, quand je serai en mon ménage, j'en enterai en mon jardin de Touraine, sur la rive de Loire, & seront dites

---

(1) Clément V étoit de Bordeaux, & avoit fait planter, à une lieue de cette ville, une vigne qui porte encore aujourd'hui son nom.

poires de bon chrétien ; car oncques ne vis chrétiens meilleurs que ces bons papimanes.

» Le dîner parachevé, prîmes congé d'Homenaz, & de tout le bon populaire, humblement les remerciant, & pour rétribution de tant de biens, leur promettant que, venus à Rome, ferions avec le Pere ſaint tant qu'en diligence il les iroit voir en perſonne. »

Je ne ſais s'il y eſt allé. On a vu dans ces derniers tems que Papegaut gagnoit peu de choſe à voyager. Papimanie ſe dépeuple : ſa préſence ne la repeupleroit pas, n'empêcheroit pas les tranſmigrations fréquentes au pays de Papefigue. Le tems approche où il ſera réduit à l'iſle ſonnante. Qui ſait encore ſi ce ſera pour long-tems, & ſi l'on ne verra pas bientôt inſcrit ſur le château Saint-Ange, ces mots, qu'un de nos bons patriotes a fait graver ſur le fronton de ſon ci-devant château, en place de ſes armoiries ?

Finita è la comedia.

CHAPITRE XI.

Des miracles des ſaints, & du regne des philoſophes.

ON ſeroit fâché de finir cet ouvrage ſans y trouver le ſentiment de notre grave auteur ſur un article auſſi important pour l'iſle Sonnante que celui des miracles des ſaints, ſource de richeſſes pour elle en France, depuis la ſainte Baume juſqu'à ſaint Guignolet ; & ſans pouvoir inférer de quelque paſſage de Rabelais quelle étoit ſon opinion générale ſur ce qui peut aſſurer le bonheur des peuples : ce très-court chapitre ſatisfera ſur l'un & ſur l'autre point.

Cinq pélerins que frere Jean avoit délivrés des mains des ennemis, furent conduits devant le roi Grand-gouſier, qui leur demanda d'où ils venoient & où ils alloient. Las-d'aller répondit pour tous : « nous venons de ſaint Sébaſtien près de Nantes, & nous en retournons par nos petites journées. Voire mais, dit Grand-gouſier, qu'alliez-vous faire à ſaint Sébaſtien ? nous allions, dit Las-d'aller, lui offrirnos vœux contre la peſte. Oh! dit Grand-gouſier, pauvres gens, eſtimez-vous que la peste vient de saint Sébastien ? Oui vraiment, répondit Las-d'aller, nos prêcheurs nous l'affirment. Oui, dit Grand-gousier, les faux prophetes vous annoncent-ils tels abus ? Blasphement-ils en cette façon les justes & saints de Dieu, qu'ils les font semblables aux diables, qui ne font que mal entre les humains ?

» Comme Homere écrit que la peste fut mise en l'ost (1) des Grecs par Apollon, & comme les poëtes feignent un grand tas de Véjoves & dieux malfaisans ; ainsi prêchoit à Sinais un caffard, que saint Antoine mettoit le feu aux jambes, saint Eutrope faisoit les hydropiques, saint Gildas les foux, saint Genou les gouttes. Mais je le punis en tel exemple, quoiqu'il m'appellât hérétique, que depuis ce tems, caffard quiconque n'est osé entrer en mes terres ; & m'ébahis si votre roi les laisse prêcher par son royaume tels scandales ; car plus sont à punir que ceux qui par art magique ou autre engin auroient mis la peste par le pays. La peste ne tue que le corps, mais tels imposteurs empoisonnent les ames. »

Les pélerins entendant ce discours ne faisoient que soupirer & dire au fils du roi : « ô qu'heu-

---

(1) Au camp. La Fontaine a dit aussi, *tout l'ost des Grecs*. Son style est rempli d'expressions & de phrases de Rabelais.

reux eſt le pays qui a pour ſeigneur un tel homme ! Nous ſommes plus édifiés & inſtruits en ce propos qu'il nous a tenu qu'en tous les ſermons qui nous furent prêchés dans notte ville.

» C'eſt, dit Gargantua, ce que dit Platon, que lors les républiques ſeront heureuſes quand les rois philoſopheront, ou les philoſophes regneront. »

CHAPITRE XII.

Concluſion.

LES rois ne ſe preſſant pas de philoſopher, il falloit bien que les philoſophes accompliſſent enfin la prophétie de Platon & de Rabelais. Auſſi font-ils.

FIN.

TABLE

PREMIERE PARTIE.

SECONDE PARTIE.

Fin de la Table.

www.ingramcontent.com/pod-product-compliance
Ingram Content Group UK Ltd.
Pitfield, Milton Keynes, MK11 3LW, UK
UKHW031857260826
14628UKWH00002B/829

9 782329 577654